오늘도
애쓰셨습니다

오늘도
애쓰셨습니다

펴 낸 날　2022년 3월 17일 초판 1쇄

지 은 이　선 이, 서현자, 엄채영, 오연지, 윤 미, 이은미, 이한나, 이해진, 장유진, 전주연
펴 낸 이　박지민
책임편집　김정웅
책임미술　롬디
그　　림　웨스트윤
마 케 팅　박종천, 박지환

펴 낸 곳　모모북스
서울특별시 동대문구 왕산로81, 203-1호(두산베어스 타워)
전화 010-5297-8303　팩스 02-6013-8303
등록번호 2019년 03월 21일 제2019-000010호
e-mail pj1419@naver.com

ISBN 979-11-90408-22-6 03810

오늘도 애쓰셨습니다

누군가의
'딸, 아내, 엄마'가 아닌
'진정한 나'를 찾아나서는
10인의 열 가지 색 에세이!

선 이
서현자
엄채영
오연지
윤 미
이은미
이한나
이해진
장유진
선주원

모모북스

애愛 좀 썼습니다!

이루미 & 이윤정 작가

힐링맘스2는 일상을 써 내려가는 30~40대 주부들의 모임이다. 주부들의 소중한 일상을 담은 '응답하라, 3040주부! 1탄'에 이어 '응답하라, 3040주부! 2탄' 애쓰는 주부들의 이야기를 담고자 그녀들이 뭉쳤다. 주 고객, 주 독자층이며 가정의 중심이기도 한 3040주부들, 그녀들의 일상이 가족을 움직이게 한다. 그러나 티 안 나는 일상이기에 이력이나 경력 등에 눈을 돌리기 쉬워진다. 그래서 주부들끼리 뭉쳐 스스로 일상에 관심을 갖고 함께 글을 쓰는 시간을 가졌다.

"살림 안 해서 쓸 게 없는데…."

"늘 하는 일을 글에까지 써야 하나?"

그렇게 시작한 우리의 일상 글쓰기, 글을 써야 하니 더 관심 갖게 되고 생각도 정리가 되었다. 우리의 순간을 채우는 일상을 되돌아보며 더 깊게는 자신을 만나 이해의 시간을 가지게 되었다. 아무도 봐주지 않고 관심 갖지 않는 순간에도 우리의 일상은 계속된다. 내가 그리고 나와 같은 주부들이 함께 알아주고 봐주며 우리의 애쓴 오늘과 그 순간들을 응원하며 가고자 '응답하라, 3040주부' 시리즈를 계속 내려 한다.

"오늘도 애쓰셨습니다." 그 한마디로도 위로받고 힘을 내서 살아갈 우리와 같은 주부들을 진심으로 응원하며 우리의 이야기를 시작해 보려 한다.

티 안 나는 주부들의 소중한 일상이 세상 밖으로 나올 수 있도록 해 주신 우리의 가족들과 모모북스 출판사 박종천 대표님, 김정웅 편집장님 그 외 출판사 가족들께 진심으로 감사의 말씀을 전하고 싶다.

매일 밥하고 설거지하고 청소하고 빨래하고
참, 티 안 나는 주부 일상이지만
그 일상을 멈추면 그녀의 가족이 멈춘다.

알아주지 않아도
봐주지 않아도
그녀가 그 일상을 유지하는 이유이다.

목차

윤미

이제 나를 사랑할 시간

이은미

나다운 삶을 살아가는 시간

이한나

내 마음을
돌보는 시간

이해진

일상이
빛나는 시간

장유진

일상에
행복을 더하다

전주연

매일
성장 중(-ing)

선이

인생 2막의 시작

1 딸이라는 이름

어릴 적 엄마 손을 꼭 잡고 가던 병원. 낯설고 두려운 곳이었지만 엄마와 함께여서 나는 괜찮았다. 엄마는 나의 보호자였고 나는 그 안에서 평온했기에….

우리 엄마는 유독 표현이 적다. 좋아도 좋지 않고, 싫어도 싫지 않은 사람. 유별난 시댁에 시집가 유별난 남편과 살면서도 '힘들다 밉다 싫다' 떨쳐내지도 도망치지도 않던 사람. 그 유별난 남편을 먼저 보내고 땅이 꺼지는 아픔도 그저 묻어버렸던 사람. 무던히 겪고 무던히 흘려보내는 게 그저 습관이자 자기 몫이 되어버린 사람. 그런 엄마가 아픈 것도 잘 본 적이 없었다. 감기에 걸려도 하루 이틀이면 거뜬히 이겨버리곤 했고 배탈이 나도 염소 똥 같은 알약 몇 알이면 괜찮았다. 무슨 일이 있건 다 괜찮다며 별것 아닌 일로 만들어 버리는 나의 엄마. 살이 찌지도 빠지지도 않는 비슷한 체형을 몇십 년간 유지하고 항상 짧은 머리 스타일을 고수하며 매일 한날처럼 살아오신 엄마였다.

그랬던 엄마가 아팠다. 평생 사는 동안 마음이 너무 데고 까이고 깨지고 닳아 결국은 그 마음이 버티지 못하고 아팠다. 이제야 조금 편안해지려나 기대할 즈음 일부러 훼방이라도 놓는 듯 아팠다. 마음과 몸은 결국 이어져 있다고 했던가. 마음이 아팠던 엄마는 곧 몸도 약해졌다. 밥을 먹어도 먹는 것 같지 않았고 자려 누워도 평화로워지지 않았다. 평생이 한날 같았던 머리 스타일은 생전 처음 덥수룩 길어졌고 아무도 제 나이로 보지 않았던 얼굴도 생기가 빠져갔다.

다 큰딸과 어색하게 같이 간 병원에서 엄마는 더 이상 코를 찔찔거리는 딸아이의 손을 잡아주던 커다란 엄마가 아니었다. 작았고, 작았으며, 작았다…. 의사 선생님도 간호사 선생님도 많은 것들을 나에게 질문하고 설명했다. 상태는 어떤지, 앞으로 어떨지, 지금 무슨 상황이며, 약은 어찌 먹어야 하고, 무엇을 조심해야 하는지까지. 놓치지 않고 끄덕거리며 설명을 듣는 것쯤은 전혀 어렵지 않았다. 이미 옆에 놓인 유모 차에서 짱알거리고 있는 아기의 보호자가 되었던지라 누군가의 보호자로서 나를 대하는 것에는 조금도 어색하지 않았다. 제때 식사와 약을 챙기고, 잠자리를 챙기고, 마음을 쓰는 일 정도는 하나도 힘들지 않았다. 다만 뒤에 옅은 표정으로 힘없이 앉아 있는 엄마가 가슴에 무겁게 내려앉았다. '슬펐다'라는 단어로 표현하기에는 그 단어가 가진 가벼움에 화가 날 정도로 슬펐다.

처음 알았다. 누구나 인생을 살다 보면 언젠가 보호자가 뒤바뀌는 경험을 하게 된다는 것. 시기의 차이가 있을 뿐 누구나 겪게 되는 순리라는 것. 딸로, 아내로, 엄마로, 또다시 딸로…. 누군가의 딸이라는 건 평생 누군가의 보호를 받기만 할 수는 없는 자리라는 것.

작디작은 우리 엄마는 역시 강했다. 이기기 어렵다는 그것과의 싸움에서도 결국 지지 않았다. 예전의 짧은 머리로 돌아온 엄마는 적당히 살이 쪄 허리가 앞뒤로 둥글어진 모습도 제법 잘 어울린다. 티브이를 보다가도 꾸벅꾸벅 눈이 감기는 엄마는 "안 잤어…."라는 티 나는 거짓말을 하며 멋쩍게 웃는다. 몇 날을 잠자리에 들지 못해 까칠하니 눈까지 벌게졌던 엄마의 얼굴을 기억하기에 단잠에서 깬 노곤한 엄마의 표정이 그저 고맙고 예쁘기만 하다.

2 아내라는 이름

팔불출의 사전적 의미는 '몹시 어리석은 사람'이다. 흔히 자기 자랑, 아내 자랑, 자식 자랑을 하는 사람에게 쓰는 말인데 우리는 이것을 어딘가 조금 모자란 사람이라고 표현한다. 겸손이 미덕인 우리나라에서는 제 자식이나 가족마저 지극히 겸손하게 표현해야 점잖은 행동인 것처럼 이야기한다. 남자들의 술자리에서 결혼은 인생의 무덤이라며 아내와 자식들을 깎아내리는 광경은 지금도 흔히 볼 수 있다.

나 역시 자기 가족보다 남을 더 위하고 안보다 밖에 더 마음을 쏟던 아버지 아래에서 자랐다. 그 덕에 결혼에 대한 나의 소박한 꿈은 '팔불출'을 만나는 것. 국어 사전상 팔불출의 뜻과는 다르게 '내 사전'에서의 의미는 제 자식과 아내를 위하고 아낄 줄 아는 사람을 뜻하는 단어로 조금도 모자람이 없는 사람이다.

다행히도 어디서 딱 '나 같은' 사람을 만났다. 내 사람 좋아하고 가까이에 애정을 쏟고 팔이 안으로 굽고 피가 물보다 진한, 바로 '팔불출'이었다. 오랜 연애 끝에 나는 그의 아내가 되기로 했다. 신기하게도 꽤 비슷하면서도 완벽히 반대되는 사람이었다는 걸 알게 된 건 '결혼'이라는 묘한 의식을 치르고 나서였다. 어쩜 MBTI의 첫 시작인 E와 I부터 다른 사람이었다니. 정반대의 성향에도 천생연분이라는 궁합이 나오는 걸 보면 신기하기까지 하다.

그런 다름에도 팔불출의 면모는 여전하다. 결혼을 앞둔 후배 앞에서 모두 쯧쯧거리며 고개를 저을 때도 세상 맑은 표정으로 결혼을 권장한다. 제 아내가 지금도 제일 예쁘고(실제로 전혀 그렇지 않다) 제 자식은 천재가 분명한(역시 그렇지 않다) 그런 사람. 나를 만나고 자기가 착해졌다며 느슨한 얼굴로 웃는 사람. 아마도 옛 어른들이 보셨다면 어디서 이런 모자란 놈이 나왔냐며 혀를 끌끌 차셨을 게 분명하다.

뭘 좋아하고 싫어하는지 나보다 나를 더 잘 아는 사람, 비루하고 못난 마음의 한 귀퉁이까지 내보이며 이야기할 수 있는 사람, 그에게 내가 그렇듯 나 역시 그에게 그렇다. 그의 아내가 되기로 한 날부터 나는 철저하게 그의 아군이 되었다. 누구와 싸우건 내 사람 편이고 누구에게 얻어터지든 내 사람을 탓하지 않는. 그 역시 마찬가지다. 철저한 나의 아군. 투덜대다가도 세상 사소한 일에 손뼉을 마주치며 웃을 줄 아는 사이. 꿈을 공유하고 같은 곳을 바라보며 걸을 수 있는 사람. 그 걸음걸음 단단히 손잡고 함께할 사람.

그러고 보니 나는 벌써 꿈 하나를 이뤘다. 팔불출을 만나 팔불출로 살아갈 수 있으니….

오늘도 아무 데나 흘려놓은 과자봉지를 들고 눈을 흘기다가도 마주친 눈에 그저 또 피식 웃음이 새어 나온다.

3

엄마라는 이름

가슴이 저릿하다는 말을 나는 이제야 이해한다. 엄마가 되기 이전에는 알았지만 알지 못했던 단어. 글자는 있으나 눈에 보이지 않고 손에 잡히지 않는 표현이었다. 다리가 저리거나 팔이 저리듯 단지 혈액순환의 부전으로 따끔따끔 쑤시는 게 아니다. 뭉근하게 조여오는 듯 느슨하게 간지러운 듯 코끝의 찡함과 목 언저리의 묵직한 무게감이 함께 다가오는 가슴 저릿함.

아이를 낳으면 여자의 뇌는 엄마의 뇌로 바뀐다고 들었다. '아니 대체 뭐가? 어떻게? 무슨 수로?' 반신반의하며 내가 직접 경험해 보겠노라 선언했다. 엄마가 되어 보니 그 말은 반만 맞았다. 바뀌는 건 뇌뿐만이 아니었다. 심장도 시야도 세상도 바뀌었다. 아이를 낳고 내가 볼 수 있는 것도, 생각할 수 있는 것도, 느낄 수 있는 감정의 스펙트럼마저 훨씬 넓어졌다.

근 30년 이상을 좁은 세상에서 살았다. 좁은 줄도 모르고 그 세상이 전부인 줄로 알았다. 보는 것만 보고 듣는 것만 들었다. 눈이 녹는지 꽃이 피는지 새가 나는지 알 필요도 없었고 알고 싶지도 않았다. 지금은 눈이 오면 도톰한 장갑과 목도리로 무장하고 썰매를 끌고 집을 나선다. 여름엔 나무껍질에 붙어 있는 매미 허물이 보이고 비가 온 다음 날엔 흙바닥에 올라온 알 수 없는 버섯들이 보이기도 한다. 뙤약볕에 앉아 좋아하지도 않는 모랫바닥을 파내고, 빗물이 그득 담긴 탁한 웅덩이에 들어가 마구 발을 구르기도 한다. 이전이었으면 상상도 못 했을 일. 그 모든 일이 엄마라는 이름이면 가능하다.

인제 와서 그리 싫어하던 눈이 좋아지고 세상 징그러워하던 매미가 궁금하고 칠색 팔색 하던 모래와 구정물이 아무렇지 않아진 것은 아니다. 하얀 눈밭을 구르는 아이, 매미 허물을 집어 들고 좋아하는 아이, 흙바닥에 쪼그려 앉아 내내 버섯을 들여다보는 아이를 지켜보는 것이 좋아서. 단지 그것뿐이다. 세상을 관찰하며 눈을 반짝반짝 빛내는 아이를 보며 나는 그 세상을 보는 것이 아니라 반짝이는 아이를 본다. 반짝이는 아이를 보며 또다시 가슴이 저릿하다. 이 조그만 발과 조그만 엉덩이와 조그만 코가 너무 반짝여서…. 그 아이가 나를 보고 있지 않은 것에는 조금도 신경 쓰이지 않고 옆에 서서 그저 바라만 보아도 마음이 저릿해진다.

씻지도 못한 채 세상 푸석한 얼굴로 멍하니 앉아 있어도 통통하고 짧은 두 손으로 내 볼을 쓰다듬는다. "아이 예뻐." 아이의 마법 같은 한마디에 건조했던 내가 급히 세상에서 제일 예뻐진다. 그런 눈빛으로 쳐다보면 누구든 예뻐지지 않고는 배길 수 없다. "네가 더 이뻐."라고 대답하고는 작고 말랑한 아이를 꼭 안으면 어느새 또 뭉근하게 가슴이 저릿해진다.

살면서 이렇게 누군가에게 사랑받아 본 일이 있던가. 누군가의 행복을 이토록 순수하게 바란 적이 있었던가. 오늘도 자기 전 "엄마 사랑해요."라며 뽀뽀를 난사하는 아이이다. 역시나 또 가슴이 저릿하다. 이 몹쓸 병. 나는 헤어 나올 수 없는 찐한 사랑에 폭 빠져버린 게 분명하다.

4

사회인으로서의 이름

꽤 오래 쉬었다. 사회적으로만 '쉬었을' 뿐 그 외적으로는 내가 살아온 중에 가장 바빴고, 열심히 공부했고, 애쓰며 살아온 시간이었지만 말이다.

"아이는 몇 살이에요? 한 명인가요? 더 계획은 없으신가봐요? 따로 봐주시는 분은 안 계시고요?"

무례한 줄도 모르고 나오는 질문들에 속으론 욕지거리를 뱉으면서도 겉으론 무심한 척 드러내지 않았다. '경력자'보다는 '경단녀'라고 불리는 사람의 재취업에는 그 사람의 능력이나 이전의 경력 따위는 전혀 중요하지 않았다.

"5년이나 쉬었으면 뭐…. 다 잊으셨겠네요."

적당한 보수를 정하며 낮추어야 하는 '갑'과 올려야 하는 '을'의 보이지 않는 기 싸움이었다. 안 그래도 사회적으로 오래 '쉬었다'라는 이유로 스스로 한껏 작아진 채였다. 작아진 마음에 앞뒤 좌우로 쉬지 않고 들어오는 훅과 어퍼컷에 정신이 혼미해질 지경이었지만 놓치지 않고 내 가치를 쏟아냈다. 서로 수긍할 수 있을 정도의 선을 정하고 나오는 길, '경단녀'가 된 '엄마'를 보는 현실이 어떠한지 처음 제대로 마주할 수 있었다. 대단하고 숭고한 일이라면서도 불편해하는 시선, 바닥으로 곤두박질치는 출산율은 회복되어야 하지만 내 직원은 아니었으면 하는 이기심까지. 재취업에 성공했다는 기쁨보다 무언지 모를 찜찜함과 불쾌감이 더 컸던 건 지금까지 비밀이다.

일을 좋아했다. 사회적인 이름과 가치가 중요한 사람이었다. 아이를 낳고 많은 것들이 바뀌었지만 남몰래 가지 못한 길을 힐끗 훔쳐보며 수시로 나를 지하 방에 넣었다 꺼내곤 했다. 사람의 마음은 계속 변하기 마련인지 어느새 가장 중요한 가치는 '아이와의 시간'이 되었다. 내 시간을 가지면서도 아이에게 '부재 없는 엄마'이고 싶었던 욕심쟁이는 적은 시간만 일하며 '엄마'도 잘하고 싶은 욕심을 포기하지 않았다. 한때 '엄마' 아니면 '나'여야 한다는 흑백논리에 사로잡혀 무어 하나 버려야지만 살아갈 수 있을 것으로 생각했던 나는 어느새 그것

사이에서 균형을 잡는 방법을 찾아가고 있다.

다시 일을 시작하고 얼마 되지 않은 어느 날, 불과 몇 주 전 경단녀를 깎아내리느라 혈안이 되어 있었던 그 오너는 그 경단녀를 따로 불러 적지 않은 보너스를 쥐여 주었다. 보육 시설을 만들어야 할까 보다는 우스갯소리에는 그저 싱긋 웃어 주었다. 주머니에 꽂아 넣었던 종이 몇 장보다 더 기뻤던 건 스스로 생각한 가치가 혼자만의 오만이 아니었다는 것에 대한 안심이었고 사회적인 이름과 엄마라는 이름을 둘 다 계속 병행해 나갈 수 있을지도 모른다는 작은 가능성이었다.

눈 깜짝하면 시간이 훅훅 지나고 마는 아침, 엄마의 출근과 아이의 등원을 동시에 준비하는 일은 아직도 어색하다. '엄마 퇴근-나 출근-나 퇴근-엄마 출근'을 번갈아 하는 삶은 분명히 곤하지만, 생각 이상으로 활력이 된다. 사회로 다시 돌아간 엄마는 이전의 그저 사회인이기만 했던 때와는 다르다. 되돌아갈 곳이 있는 사람의 안정감은 그렇지 못한 사람의 그것과는 확실히 다르므로…. 엄마는 어느 곳에 있든 결국 나를 기다리는 '아이'에게 돌아간다. 엄마가 아이의 든든한 '백'이 되어주는 것이 아니라 아이가 엄마의 든든한 '백'이 되는 상황. 사회인이 된 엄마는 오늘도 '엄마'이기에 더 잘 해낼 수 있는 게 분명하다.

5

'나'라는 사람

삼십 대에 이루고자 했던 것들이 많았다. 그리고 삼십 대의 막바지에 서 있는 지금 그것이 얼마나 철없던 시절 치기 어린 욕심이었는지 조금이나마 알 것도 같다. 불안했던 이십 대에는 '30'이라는 숫자가 주는 안정감이 좋았다. 오죽하면 달걀 한 판도 서른 개가 아니던가. 서른에는 무언가 어른이 될 것 같다는 생각에 하고 싶은 것도, 되고 싶은 것도 많았다. 하지만 누군가 인생은 계획대로 되지만은 않을 것이라 조언했듯 삼십 대는 오롯이 '나'보다 다른 이름으로 살았던 시간이었다.

삼십 대는 엄마로, 아내로, 자식으로서의 본분을 다했다. 분명히 아쉽지 않았다. 다만 그러다 보니 자연히 나는 뒷전이 된 시간이었다. 시간이 가는 줄도 모르고 살아 냈다. 어느 방송인이 "태어났으니까 산다."라고 말했던 것처럼 그저 시간을 보내며 살아 내기에 급급했던 날들. 의미도 모르고 하루하루 흘려보내다 정신을 차려보니 이미 나는 없었다. 현실을 자각하고는 초라함에 어찌나 서글펐던지 아이처럼 엉엉 울었더랬다.

딸의 엄마가 된 후 항상 딸에게 "너는 귀한 사람이야, 소중한 아이야." 하며 자신을 아끼고 돌보도록 독려한다. 하지만 어느 순간 돌아보니 뒷전이 된 나를 귀하지도 소중하지도 않게 대하고 있었던 건 다름 아닌 나 자신이었다. 엄마 먼저, 신랑 먼저, 아이 먼저 생각해야만 하는 시간이 반복되다 보니 어느새 '나'라는 사람은 까맣게 잊어버린 후였다. 딸이 세상에 태어나 처음 만나는 '여자 사람'인 내가 그래서는 안 되었다. '엄마'의 표본이 될 내가 그래서는 안 되었다. 나를 바라보며 한 여자의 삶을, 엄마의 삶을 보고 배워갈 아이를 생각해서라도 '나'를 우선 돌봐야 했다. 백번 말하는 것보다 꾸준히 보여주는 것이 나은 것은 당연했다.

너무나도 우연히 글을 쓰기 시작했다. 막연한 답답함에 숨을 내뱉을 작은 틈을 내어 보려 시작한 일이었다. 소박하게 일기처럼 시작했던 '글'이 어느새 나를 찾는 얇디얇은 끈이 되어주고 있다. 매일같이 타닥타닥 글을 써 내려가다 보면 어느

새 '타닥타닥'에 '토닥토닥' 위로받는다. 글을 쓰며 생각지 못했던 내 마음을 인정하고 도닥인다. 지나쳐 버린 감상을 되짚기도 하고 잊기 싫은 기억을 묶어 두기도 한다. 금세 흩어져 버리고 말 것들도 글로써 잡아두면 또렷해진다. 무엇이든 글로 남겨 놓아야 성이 차는 이유다.

단지 숨을 쉬어 보려고 시작했던 글이 어느새 미래를 그리고 꿈을 꿀 수 있게 해 주었다. 특별한 취미도 특기랄 것도 없었던 사람이 이제는 남들이 낚시하고 등산할 때도 글을 쓰며 시간을 보낸다. 30대를 흘려보내며 적어도 마흔 안에는 무언가 이루어야 한다고 생각했다. 서른에 하지 못했으니 마흔에는 해야 한다는 이상한 압박이 있었다. 서른이 그러했듯 마흔 역시 막상 닥치면 그저 흘러가는 나이 중 하나일 게 뻔하다. 한 가지 잘했다 싶은 일은 마흔이 되기 전 글을 쓰기 시작했다는 것이다. 빠르지 않았지만 늦지 않았음에 오늘도 안도한다. 꾸준히 '나'라는 사람을 들여다볼 수 있을 테니.

6

가끔은 화남

엘리베이터에서 만난 꼬마와 이야기하다가 나 자신을 '아줌마'라는 단어로 칭했다. 결혼하고도 아이를 낳기 전까지는 아가씨와 아줌마의 경계선에 있는 느낌이었다. 하루하루 이리 갔다 저리 갔다 아슬아슬했지만 '아줌마'라니 용납할 수 없는 일이었다. 그래서 신랑은 티브이에 나오던 우스갯소리를 인용해 나를 '아가주머니'라고도 불렀었다. 그러다 아이를 낳고 많은 게 달라졌다. 스스로는 달라진 줄도 몰랐는데 세상이 나를 보는 눈이 달라져 있었다.

이사를 오고 전화와 인터넷 연결이 고르지 않아 전문 기사님이 방문하셨을 때의 일이다. 한참을 이것저것 만지시고는 별다른 설명도 없이 가려 하시기에 어찌 된 일이며 어떻게 잘 해결이 된 것인지 물었었다. 어떠한 감정인지 알 수 없는 불편한 기색을 보이시며 혼잣말 같지 않은 혼잣말로 '아, 말씀드려도 잘 모르실 텐데….' 하며 남편분께 전화해서 말씀을 드리겠단다. 괜찮다고 저한테 말씀하시라고 붙잡고는 썩 내키지 않는 설명을 들었다.

"이러이러하게 나오는데, 이것까진 알 필요 없으시고 그냥 저러면 되는 거예요."

무슨 초등학생한테 설명해주어도 이것보다는 성의 있겠다 싶은 대답에 기가 찼지만 더는 꼬치꼬치 캐묻지 않았다.

기사님을 보내드리고 들어오며 현관 옆의 거울을 보는데 흠칫 놀라고 말았다. 내 몰골이 말이 아니었다. 커다란 바지에 펑퍼짐하게 늘어진 티셔츠, 한데 묶은 머리는 삐죽삐죽 제 갈 길을 찾지 못하고 있고 입술은 한껏 메말라서는….

"하아…."

한숨이 나왔다. 아직 백일이 지나지 않았던 아가와 온종일 씨름하느라 그렇다는 핑계는 대고 싶지 않았다.

분명히 불과 몇 년 전까지만 해도 거래처와의 문제들을 처리하며 대소사에 관여하던 깔끔하고 단정한 사람이었다. 전혀 상관없는 생판 남의 그러한 반응도 당황스럽고 화가 났지만, 더 싫었던 건 그런 반응에 순식간에 위축되고야 마는 나 자신이었다.

기사님을 보내드리고도 한참 누구에게 향하는 것인지 모르겠을 성이 나 있었던 기억이다.

그때 '아, 내가 정말 아줌마가 되었구나. 세상이 나를 대하는 게 이렇게도 달라졌구나….'라는 생각을 했었다. 물론 아줌마라고 다 그런 대우를 받는 것도 아니고 모든 세상 사람들이 저 기사님처럼 구는 것도 아니지만 저 때의 한껏 작아진 초보 아줌마는 거기까지는 생각할 겨를이 없었나 보다.

푸석하고 지친 아줌마, 이 아줌마도 한때는 가만히 있어도 빛이 나던 사람이었다.

7

그 안의 기쁨

머리는 산발에 벌건 얼굴, 초췌한 기색이 역력하지만, 표정만은 생기가 가득하다. 너무 기쁜 나머지 절로 드러난 표정은 일부러 억지 미소를 만들어 찍은 사진과는 전혀 다른 느낌을 준다.

보고 싶었다. 하루하루 숨쉬기 연습과 힘주기 연습을 하며 만날 날만 기다렸다. 궁금하고 기대되어 일부러 손가락을 꼽아가며 기다렸던 입체 초음파에서는 커다랗게 부어 있는 얼굴과 눌려 있는 코밖에 볼 수 없었다. 그 퉁퉁 부은 얼굴을 본 것으로는 성이 차지도 않았지만, 매일매일 들여다보고 또 들여다보며 시간을 보냈다.

남들은 예정일보다 1, 2주 빨리 똑똑 기척을 보내던데 이 친구는 아무 반응이 없었다. 홀로 생각하던 '이쯤이면 좋겠다….' 싶었던 날도 아무 일도 없이 지나가는 것이 반복되었다. '이 친구 정확한 친구인가 보다.' 하며 예정일까지도 기다렸다. 혹시 몰라 매일매일 몸보신하며 온 힘을 다할 날을 기다렸고, 그 몸보신은 아이의 몸도 키웠지만, 나의 몸을 키우는 데에도 크게 일조했다.

원래도 작지 않았던 아이는 하루가 다르게 커갔고, 배는 처지기는커녕 앞으로 발사될 것만 같은 모양새였다. 혹시 몰라 예정일 2주 뒤로 유도분만 날짜를 잡아놓았다. 일단 잡아놓았지만 정말 그날까지 소식이 없을 줄은 몰랐다. 그 긴 2주를 꼬박 채웠다. 역시나 나를 닮아 느긋하기 짝이 없는 내 꼬맹이가 분명했다. 사실 유도분만은 하고 싶지 않았다. 아이가 준비되어 나오고 싶을 때까지 기다리고 싶었다. 나올 생각이 없는 친구를 일부러 쿡쿡 찌르고 괴롭혀 나오게 하는 것이 너무 미안했다. 하지만 엄마 배 속이 마냥 편하다며 계속 자라고 있는 아이를 더는 두고 볼 수는 없었다.

유도 첫날을 아무 소득 없이 지나 보내고, 이튿날 수술장을 차려 놓고 나서야 나오겠다는 기척을 했다. 제대로 맞은 진통에 옆을 지키던 신랑과 신나게 하이파이브를 했던 기억이다. 하이파이브에 이어진 진통이라니…. 드디어 그토록 기다리던 시간이었다. 고통보다 두려움보다 설렘이었다. 곧 너를 만난다는 설렘은 모든 걸 다 상쇄시키고도 남을 만했다.

처음 품에 안은 아이의 따뜻함을 잊을 수가 없다. 누구에게도 건네주지 않고 품에 쏙 안은 채로 바라보고만 싶었다. 아무것도 하지 않고 그저 보고 있는 것만으로도 마음이 둥실둥실 떠올라 한가득 충만해짐을 느꼈다. 내 생애 가장 기뻤던 날. 실핏줄이 터지고 머리는 산발하고서는 세상에서 제일 행복한 표정을 짓고 있는 그날의 사진. 나는 그날 사랑에 빠졌다. 첫사랑이었다.

8

매일 1mm의 성장을 꿈꾸다

어려서부터 책을 좋아했다. 가만히 홀로 앉아 책 속에 빠져들어 가는 시간이 마냥 좋았고, 읽었던 책을 보고 또 보면서도 볼 때마다 편안했다. 오랜만에 만난 친척 어른들에게 용돈이라도 받을라치면 고이 넣어 두었다가 콩닥콩닥 설레는 마음을 안고 작은 책방에 가는 그런 아이였다.

임신 중에도 태교 겸 육아 공부 겸 책으로 하는 엄마 공부를 놓지 않았다. 새로운 계열에 대한 배움이 흥미로웠지만, 막상 진짜 실전에 투입되고 나서는 책 읽을 여유 따윈 주어지지 않았던 것 같다. 아이 역시 나처럼 책으로 공감하고 배움을 얻고 위로를 받는 사람으로 컸으면 하고 바라는 마음에 일찍부터 장난감보다는 책을 늘어놓고 시간을 보냈다. 덕분에 책에 대한 내 갈증은 아이의 책들로 많은 부분 채워졌던 게 사실이다. 이전에는 알지 못했던, 사실 아이의 책이라고 쉽게만 생각했던 그 책들에 나도 깨닫고 배우는 시간이 나쁘지 않았다.

몇 년의 시간을 자연스레 흘려보내고 누워만 있던 아이가 쉴 새 없이 쫑알거릴 때 즈음 그제야 오래 잊고 있었던 내 책들이 보고 싶었던 것 같다. 몇 년 새 세상은 너무 많이 변해 있었고 배워야 할 것도 적응해야 할 것도 정말 많았다. 군대를 갓 제대한 젊은이를 보면 누가 봐도 군대 물이 들어 바깥세상에 적응하는 데에 시간이 걸리듯 초보 엄마 시절을 보낸 초보 아줌마도 세상에 적응하려면 그만한 노력이 필요했다.

구름도 햇볕도 바람도 계절도 달라진 건 없었지만 세대가 바뀌었고 세상이 변했다. 여기저기 새로운 단어들과 개념들이 넘쳐났고 그 많은 것들은 대강 때려 맞추기에는 너무 멀리 와버렸다. 손을 뻗어 더듬거려봐야 코끼리의 코만 만져지는 듯 이게 코끼리인지 뱀인지 도무지 알 수가 없는 세상이었다.

다시금 세상과의 접점을 찾고 나의 위치를 찾기 위해서 역시 책으로 돌아갔다. 눈에 띄는 이런저런 책들을 다시 집어 들기 시작했고 아이의 것이 아닌 나의 것을 보는 시간은 세상에서 희미해졌던 나를 조금 더 또렷하게 만들어주었다. 이전엔 나와 동떨어져서 두 개의 다른 세상처럼 느껴졌던 어색하고 낯설기만 했던 주변이었다. 다행히 이제 조금은 그 변화에 발을 담그고 함께하고 있다는 느낌이 든다. 눈을 작게 뜨고 내 코앞만 보던 사람이 겁나는 마음을 조금 넣어두고 주변을 둘러보니 넓은 세상이 보이는 듯도 하다.

엄마로서 세상에서 더는 희미해지지 않도록, 또렷이 세상의 변화에 섞여 같이 걸어갈 수 있도록 해야 할 일들이 정말 많다. 그래서 오늘도 엄마는 마음을 다해 애愛를 쓴다.

서현자

아이와 함께 자라는 엄마의 삶

딸이라는 이름

세상 모든 딸을 응원한다. 나는 아들 하나 딸 셋 중에서 둘째 딸이다. 첫째는 첫째라서, 막내는 막내라서 나름대로 사랑받는 위치지만 어릴 적 아들이 아닌 딸로서 둘째의 위치는 애매하다 못해 슬펐다. 요즘은 아들보다는 딸이, 다둥이보다는 외동이 대세다. 큰딸이 가끔 자기도 친구들처럼 외동이 되고 싶다고 할 때 말해준다. 세 딸 중 둘째로 자란 엄마 이야기를. 동성 동생이 있는, 첫째 프리미엄을 마음껏 누리라고 말이다. 둘째 딸이 같은 질문을 하면 이렇게 대답해 줄 것이다. 너를 지켜주는 언니도 있고 뭐든 넘치게 받는 사랑과 막내 특권은 세상 무엇과도 바꿀 수 없는 거라고.

직장에 다니며 아이를 키워보니 친정엄마의 희생과 사랑 덕분에 아이들이 잘 자라고 있고, 직장생활을 할 수 있다는 걸 뒤늦게 깨닫는 중이다. 엄마가 되어 두 딸을 키우는 처지가 된 지금은 아이들에게 많이 미안하다. 아이들도 나의 어린 시절처럼 만족하는 삶을 사는 줄 알았는데 그건 나의 착각이었다.

어느 날 두 딸이 조카들의 삶이 부럽다고 한 것이다. 여동생은 전업주부로 세 아이를 키운다. 학교 갔다 돌아오면 엄마가 없는 집이 싫었다며 동생은 아이들과 함께하는 지금, 이 시간이 너무 행복하단다. 한 번도 전업주부의 삶을 꿈꿔 보지 않았던 나로서는 이해가 잘되지 않았던 부분이다.

가끔 조카를 봐주던 동생이 한 말이 지금도 가끔 떠오른다. 도도가 안쓰러울 때가 있다고. 엄마는 있지만, 엄마를 자주 못 보니 그것이 슬프다고 했었다. 같은 엄마에게서 자랐지만, 생각이 다른 동생을 보며 많이 배우기도 한다.

아이들의 생각을 들어보기 전에는 친정엄마의 맞벌이 삶을 평생 보며 자랐기에 당연하게 나도 내 딸들도 그 삶을 살아가는 것을 미안하게 생각해 본 적이 없었다. 엄마가 되어보니 너 같은 자식 낳아서 키워보라던 친정엄마의 말이 더 와닿는다. 두 아이가 자라서 "엄마, 나는 어떤 딸이었어요?"라고 물을 때 우리 딸들에게 나는 어떤 말을 해 줄 수 있을까?

2 아내라는 이름

어떤 아내인가 돌아보니 빵점 아내였다. 결혼 후 신혼생활을 충분히 즐기기 전에 엄마가 되었다.

결혼 전에는 직장이 첫 번째였다. 직장인이라면 당연히 그래야 한다고 생각하며 지낸 시간이었고, 결혼 후 엄마가 된 후엔 엄마의 삶이 당연히 우선이어야 한다고 생각하며 살았다.

지금은 알지만, 그때는 몰랐던 아니 그 시간을 버티는 것조차 힘들어서 잊고 지낸 사람이 있다. 나만 힘들다 생각해서 옆에 있는 사람의 중요성을 잊고 지냈다. 연년생 아이들이 태어났다. 당연하게 남편은 삶의 순위에서 더 뒤로 밀려났고 아이가 내 삶의 첫 번째가 되었다. 남편은 학교에 출근해서 밥을 먹는 날이 많아졌다. 처음엔 미안했지만, 날이 갈수록 그 것은 당연한 일상이 되어갔다. 그 작은 행동이 나에 대한 배려였음을 10년이 지난 지금에서야 깨달았다.

사소한 일상과 나에게 주어지는 일상의 행복이 당연한 것이 아니라, 다른 가족들의 배려로 채워진 시간이라는 걸 너무나 늦게 깨달았다. 남편은 부모가 아닌데 부모님에게 받는 사랑이 당연한 것처럼 나를 배려해 주어야 한다고 생각했다. 당연하게 요구하고 더 해주지 않는다고 아이처럼 징징거리며 살았다. 아이가 태어난 후 없는 시간을 쪼개서 아토피 치료를 해야 하다 보니, 다시 아이가 우선순위가 되면서 남편이 사소하게 챙겨주는 그 시간은 나에겐 당연한 시간이 되어갔다.

연년생 아이들이 다 자라 나의 손이 필요 없을 정도가 되었고 마음의 여유가 생긴 지금 돌아보니 빵점 아내였다. 백점짜리 아내인 줄 착각하며 살아온 시간이었다. 아이들을 내 삶에 우선으로 두며 보낸 시간을 지금도 후회하지 않지만, 그때는 내가 부족해서 남편을 방치했었기에 많이 미안하다.

누구나 처음인 시간이 있다. 엄마로 살아가는 삶이 처음이라 힘들었던 것처럼 남편도 아빠로, 남편으로 삶을 살아 내고 있다는 걸 생각하지 못했다. 이제는 안다. 나만 힘들고 어려운 시간을 견딘 것이 아니란 것을 말이다.

3

엄마라는 이름

딸로 태어나서 직장인과 아내의 역할을 거쳐서 엄마의 삶을 만났다.

지금 삶 속에서 감당하고 있는 여러 가지 역할 중에서 어떤 것이 가장 힘이 드는지 생각해 보았다. 딸로 사는 삶도, 직장인으로 사는 삶도, 사회인으로서 사는 삶도 아닌 엄마로서 사는 삶이었다. 엄마의 손길을 거쳐서 또 다른 엄마가 되어 살아가는 삶.

어릴 때 받았던 엄마의 사랑을 다시 한번 생각해 보았다. 어릴 때 받은 엄마의 사랑이 나의 어린 시절과 지금의 나를 채워주고 있다는 걸 깨달았다. 엄마가 된 뒤로 다양한 육아서를 읽었다. 어릴 때부터 대학을 졸업할 때까지 읽은 책도 아이를 낳고 기르면서 읽은 책보다 적었다. 처음엔 몰라서 읽었고 나중엔 생각하기 위해 읽었다. 지금 나와 아이와의 관계에서 무엇이 문제인가? 한 아이의 엄마가 되어 살아간다는 것은 쉬운 일이 아니었다.

딸로 사는 삶은 부모님에게 받기만 하는 삶을 살면 되었고, 직장인으로 사는 삶은 나의 일을 제 역할에 맞게 해내면 되는 삶이었다. 하지만 엄마로서 사는 삶은 받는 것이 아닌 주는 것에 익숙해야 하는 삶이었다. 나는 아이를 좋아하지 않는다. 가끔 보는 아이들이 귀엽기는 하지만 다만 그뿐이었다. 아이들이 어릴 땐 너무 힘들다고 생각할 때가 많았다. 업무도 힘든데 오롯하게 쉴 수 있었던 주말에는 아이들과 함께해야 해서 더 힘들었다.

첫째 도도를 만났을 때 그래서 더 어려웠다. 지금 돌아보면 이런 순둥이는 찾아볼 수 없을 정도의 아이였는데도 난 힘들어했다. 둘째가 태어나고 나서 절실히 깨달았다. 첫째가 아주 많이 순둥이라는 것을….

하지만 엄마가 된 후 10년 정도가 지난 지금 돌이켜 보니 아이들에게 받은 것이 훨씬 많았다. 박물관이 있다는 걸 알기만 했지 한 번도 가보지 못한 내가 주말마다 전국 박물관 여행을 했다. 엄마가 아니었다면 절대 읽지 않았을 책들도 아이들과 함께라면 읽게 되었다. 무엇보다 좋은 건 아이들에게 다양한 체험을 해 준다는 핑계로 어렸을 때 해 보지 못한 경험을 하면서 내가 좋아하는 것들을 찾아가는 시간을 보냈다는 것이다. 아이들과 하는 10년 동안 나는 여행과 사람들을 많이 좋아하게 되었고, 호기심도 많이 충족되었다.

지금 돌이켜 보니 아이들에게 넘치는 사랑을 받고 있었다. 엄마로서 부족한 나에게 아이들은 온전한 사랑을 십 년 넘게 주고 있었다. 아이들 덕분에 어른이 되어 가는 나를 본다.

사회인으로서의 이름

내년이면 직장생활 20년 차가 되니 세월이 참 빠르게 느껴진다. 회사생활을 시작하고 처음 느낀 감정은 반성이었다. 전에는 몰랐던 부모님의 수고로움을 출근해서 날마다 느꼈다. 내 삶의 나침반은 지금까지 부모님이었을지도 모르겠다.

학교를 졸업하고 직장생활을 돌아보니 학교 다닐 때까지 참 행복한 유년 시절이었던 것 같다. 우리 아이들도 언젠가는 어른이 되고 직장생활을 하며 힘든 일을 경험할 때, 매 순간 선택의 시간을 만나겠지? 그때 내가 부모님을 떠올리며 선택했던 것처럼 우리 아이들도 어떤 일을 하든 각자의 자리에서 최선을 다하는 사람이 되어주기를 바란다.

밤톨이 5살 때 출근하는 나를 보며 "엄마 나는 금요일이 제일 좋고 월요일이 가장 슬퍼요."라고 했다. 금요일이 되어야 엄마를 볼 수 있는 삶을 살고 있었던 아이가 나에게 할 수 있는 말이었다. 직장생활의 꽃이 승진이지만 아이의 말을 듣고 부서를 바꿨다.

모든 엄마가 자기의 자리에서 매일 최선을 다하고 있을 것이다. 삶에 정답은 없지만 내가 중요하게 생각하는 것이 무엇인지 돌아보는 하루를 살게 해주는 두 딸이 좋다.

학교 다닐 때 맞벌이하는 부모님 덕에 항상 동생과 하고 싶은 걸 매일 하고 놀았던 즐거운 기억이 있다. 여동생은 그 기억이 싫었던지 전업주부의 삶을 살고 있다.

같은 경험을 하며 자랐어도 선택이 다른 삶을 사는 자매다 보니 전업맘과 직장맘의 삶을 생각해 봤다. 아이들이 초등학교 1학년쯤 휴직을 했다. 2년의 휴직 기간 느낀 전업주부 엄마의 삶은 직장생활보다 더 치열했다. 내게 직장맘과 전업맘의 선택 기회가 있다면 난 직장생활을 선택할 것이다. 그 정도로 내가 느낀 전업주부의 일상도 쉽지 않아 보였다.

누구의 삶도 소중하지 않은 오늘은 없다. 다만 알 수 없는 길이지만 하루하루를 소중하게 살아갈 뿐…. 오늘 하루도 모든 엄마들이 작은 행복을 선택하는 하루가 되기를 응원해 본다.

5

'나'라는 사람

두 번째 스무 살이 되던 해에 생각해 봤다. 나는 지금 나로 살아가고 있는 걸까? 생각해 보니 첫 번째 스무 살까지가 나로서 오롯하게 자유롭게 살았던 기간이었다. 부모님이 항상 그러셨다. "학교 다닐 때가 좋은 때다. 그러니 지금 많이 누리며 살아라." 하셨는데 첫 번째 스무 살이 막 지나고 얼마 되지 않아 직장생활을 시작한 나는 그 말이 어떤 의미인지 직장생활을 시작한 후에 절실하게 깨달았다.

자유로운 영혼의 소유자이며 딱딱하고 정해진 틀 안에서 하는 일을 의외로 좋아하지 않는다는 걸 직장생활을 하고 나서야 깨닫게 되었지만, 일단 시작한 직장생활을 학창 시절로 되돌리기에는 20대 초반의 나에겐 큰 용기가 필요했다.

결혼하기 전까지 친구들과의 번개 여행, 마음이 맞는 직장 동료 언니들과의 전국 일주 여행, 아이 친구 엄마들과의 소소한 여행이 나와는 맞지 않는 직장생활을 버티게 해주는 행복한 통로였음을 지금은 안다.

직장생활 10여 년이 지나 엄마가 된 후에야 나로 살아가는 것에 대해 진지하게 생각해 보았다.

나 스스로 나를 정의하지 못하고 있는데 아이에게 해 줄 수 있는 조언은 없었다. 도도가 7살 때쯤 "엄마, 나는 사는 것이 너무 행복해요! 엄마는 어때요?"라고 질문했던 적이 있다. 한 번도 나는 '지금 나로서 행복하게 살아가는 걸까?'라는 생각을 해 본 적이 없어 당황스러웠지만, 그때 나에게 그런 질문을 해 준 도도에게 감사하다. 그날 이후로 우리 집 가훈이 '나로 살아가는 기쁨'이 되었으니 말이다.

두 번째 스무 살 동안 나 스스로 어떤 것을 했을 때 가장 행복한지 찾아가는 기간을 가져 보기로 했다. 만약 이 기간에 한 가지라도 내가 진정 좋아하는 일을 찾게 된다면 세 번째 맞이하는 스무 살은 더 행복하지 않을까?

내가 좋아하는 빨간 머리 앤이 했던 말 중에 "생각대로 되지 않는다는 건 정말 멋져요! 생각지도 못했던 일이 일어나는

걸요?"라는 대사가 있다. 긴 인생을 살아보지 않았지만, 인생은 생각대로 되는 날보다 되지 않는 날이 많다. 그때 생각대로 되지 않는 것에 초점을 맞추기보다 생각대로 되지 않는 일을 새로운 만남을 위한 기대로 생각한다면, 앞으로 다가올 세 번째 스무 살은 너무 행복할 것이다.

내가 살아본 첫 번째 스무 살의 기억이 아이들에게는 첫 번째 설렘이 될 수 있도록 어떤 조언을 해줄 수 있는지 생각해보는 이 하루가 나에게 더욱 소중하고 감사한 날이다.

6 가끔은 화남

화가 조절되지 않는 날들이 많았다. 지금, 이 순간도 화가 지나가고 있을 수도 있다. 직장생활을 하면서 화가 나는 순간이 너무 많아서 어떻게 하면 화를 적게 낼 수 있는지 고민일 때가 많았다. 고민이 길어질수록 화를 적게 내는 것보다 화를 현명하게 내는 법을 찾아가는 연습을 하게 되었다.

나를 객관적으로 보는 연습을 하는 것.

직장생활에서 다양한 사람들을 만나면서 상처받아가며 화를 내는 나를 위한 처방이었다. 탁닛한의 『화』라는 책을 보며 마음 다스리는 연습을 하는 나를 보면서 혼자 웃을 때도 있었고, 화 좀 내지 않고 살 수 있는지가 인생 최대 고민일 때도 있었다. 눈을 돌리면 화나는 것투성이고, 화를 풀기 위해 많이 먹어도 봤다. 하지만 근본적인 해결책이 될 수 없었다.

마음의 여유를 찾기가 쉽지 않지만, 혼자일 때는 나 혼자만을 위해서 화를 조절하면 된다고 생각했다. 엄마가 된 후 아이들과 함께하는 시간이 늘어날수록, 아이들과의 관계를 위해서라도 화를 현명하게 조절하면서 이야기 나눌 수 있는 방법을 찾아보기로 했다. 화를 안고 사는 것은 독을 품고 사는 것과 마찬가지이며 화를 다스릴 줄 알아야 미움, 시기, 절망과 같은 감정에 휘둘리지 않고 자유로워질 수 있다는 것과 다른 사람들과의 관계에서 행복을 얻을 수 있음을 알게 되기도 했다.

아이를 위로하면 내가 위로받는다.

나를 위한 위로라고 생각했었는데 아이를 위한 위로가 나에게 더 큰 위로가 되는 경우가 많았다.

마음을 돌보기 위해서는 먼저 몸을 돌봐야 한다.

몸이 건강해야 마음도 건강해짐을 느끼는 요즘이다. 업무가 바쁘다 보니 시간을 따로 내서 운동을 못 했다. 그러다 보니 체력적으로 힘이 들어 마음의 여유도 없고 같은 상황에서도 짜증을 내게 되는 경우가 종종 있었다.

인생에서 관계보다 중요한 건 없다.

아이들과의 관계를 위해 화를 현명하게 조절할 수 있는 것, 관계를 유지하는 것이 얼마나 중요한 일인지 깨달아 가는 중이다.

나를 사랑하지 못하면 남을 사랑할 수 없다.

내가 먼저 나를 사랑할 수 있어야 남도 사랑할 수 있다. 나와 아이들을 위해서, 같이 생활하는 동료를 위해서 화를 조절하는 연습을 하는 것은 우리에게 꼭 필요한 부분이 아닐까 하는 생각이 든다. 내 마음의 여유를 찾는 것은, 아이들이 건강한 화를 표현할 수 있게 만들기 위한 엄마로서의 준비가 아닐까 싶다.

7

그 안의 기쁨

아이가 한글을 모를 때는 그림 편지를 받았다. 공주도 고양이도 그려져 있는 귀여운 그림 편지 한 장이면 그날 하루가 행복했다. 엄마가 힘들어 보이면 힘내라며 파워레인저 그림을 그려주는 둘째 덕에 배 나온 파워레인저는 처음이라며 한참을 웃던 기억이 난다.

성향의 차이가 있어서일까? 큰아이는 글 편지를 좋아하고 작은아이는 그림 편지 쓰는 것을 더 좋아한다. 꼬물꼬물 작은 손으로 쓴 그림 편지에는 글로 쓴 것보다 아이의 사랑이 잔잔하게 표현되어 있다. 기쁠 때도 슬플 때도 손 편지를 써주는 두 딸이다. 집 안 곳곳에서 발견되는 쪽지 편지에는 항상 사랑해 주셔서 감사하다는 문구들로 가득하다.

누가 보면 사랑 표현 잘하는 엄마로 오해하겠지만, 무뚝뚝한 나는 아이들에게 표현이 서툴다. 이런 나를 닮지 않아 다행이라 생각하던 그 순간에도, 가방에서 아이들의 쪽지가 발견됐다.

"세상에서 가장 사랑하는 엄마! 낳아주셔서 감사해요~
사랑해 주셔서 감사해요.
엄마를 낳아주신 할머니도 감사해요!"

첫 편지를 받고 너무 귀여워서 한참을 차에 붙여두고 다니던 때가 있었다. 지금도 운전석 옆자리에는 아이들이 쓴 쪽지 편지들이 있다. 쪽지 편지는 나를 지켜주는 부적 같은 힘이 있나 보다.

어릴 때 우리 엄마도 그러했을까? 학교에서 어버이날 쓰는 편지만으로도 세상을 다 가진 것처럼 행복해하던 엄마도 지금 나의 마음과 같았을까? 새삼 엄마의 마음이 떠오르는 날이다.

아이의 쪽지 편지 한 장이면 세상을 다 얻은 것처럼 힘이 솟는 지금도 날마다 기쁜 날이다. 세상 모든 엄마가 그러하듯이.

8

매일 1mm의 성장을 꿈꾸다

엄마가 되기 전 30여 년보다 엄마가 된 후 13년이 내 인생에서 더욱 행복한 하루하루로 쌓이고 있다.

엄마가 되기 전에는 관심이 없던 분야에 관심이 생겼다는 것, 아이들 덕분에 관심 두게 된 독서 모임과 도서관 봉사활동, 그림책 봉사활동을 통해 새로운 삶을 선물 받은 것이다.

첫아이가 초등학교 1학년이 되면서 그림책 읽어 주는 봉사활동을 하게 되었다. 학교 규정상 자기 아이가 있는 교실에 배정되지 않지만, 일주일에 한 번인 그림책 읽기 봉사활동은 새로운 경험이었다. 큰아이 1년, 작은아이 1년, 2년 동안 아이들이 보는 그림책이 어른에게 휴식과 깨달음을 줄 수 있다는 것과 아이들이 어릴 때 그림책을 보면서 상상력을 키워간다는 사실을 몸소 체험하게 되었다. 이렇게 좋은 거라면 아이들이 어렸을 때 더 많이 읽어 줄걸 하는 아쉬움이 남을 정도였으니, 그림책 공부는 나중에 퇴직 후에도 꾸준히 하고 싶다.

아파트 내에 도서관이 개관한 후 도서관 봉사활동을 시작했는데, 도서관 운영 프로그램을 짜고 진행하면서 아이들과 함께하는 활동을 시작했다. 그 과정에서 아이들이 어떤 것을 좋아하는지도 알 수 있었다. 아이와 함께하는 소소한 활동들이 하나의 추억이 될 수 있어서 이 또한 감사한 일이었다.

아이의 질문, 논어 한 구절 덕분에 시작된 독서 모임은 아이들이 자라서 어른이 되더라도 함께 하고 싶을 만큼 좋은 사람들을 만날 수 있는 계기가 되었다. 가족 단위 산행도 함께 하는 터라 우리 가족에게는 너무 인기 있는 모임이다.

아이들이 사춘기가 되면 부모와 함께하는 걸 싫어한다는데, 모임을 꾸준히 한다면 아이들과 멀어지려야 멀어질 수 없을 거 같다는 생각이 든다. 세대를 넘나드는 회원들이 함께하는 독서 모임이라 미리 인생을 살아보신 선배님들의 지혜를 얻기도 한다. 꾸준히 나와 우리 가족을 응원해 주는 사람들을 만날 수 있는 이 시간이 아이들과 나에게는 큰 선물이 아닐 수 없다.

엄채영

나를 찾아가는 길

1 딸이라는 이름

나는 외동딸이다. 내가 어릴 적만 해도 외동은 한 반에 한두 명 있을 정도로 드물었다. 다른 아이들이 형제자매가 있는 게 당연하듯 나는 외동인 것이 그랬다. 외동에 대한 편견은 지금도 있지만, 그 당시에는 더 심했다. "심심하지?", "외롭지?"라는 질문을 늘 받았다. 내가 아니라고 해도 사람들은 도무지 믿지를 않았다. 답정너('답은 정해져 있고 너는 대답만 하면 돼'의 줄임말)란 말처럼 사람들은 답을 정해놓고 물었다. 마치 자기 생각을 확인하려는 듯이. 명절에 친척들이 모이면 엄마에게 아들을 꼭 낳으라는 어른들도 계셨다. 하지만 우리 가족은 그 말에 그다지 신경 쓰지 않았다.

부모님은 형제자매가 많으셨고 명절이면 외가, 친가에 가서 친척들과 북적북적하게 시간을 보냈다. 외가에서 첫 조카였던 나를 이모와 삼촌들이 참 예뻐해 주셨다. 장녀로서 책임감이 강하셨던 엄마 덕에 우리 집에는 늘 이모와 삼촌이 번갈아 가며 함께 지내셨다. 그래서인지 딱히 외동 같다는 소리를 들은 적이 없다. 동생을 낳아달라거나 심심하다 보챈 적도 없었다. 내가 외동인 것이 자연스러웠다. 집에 오면 내 할 일을 하고 부모님과 대화를 나누고 친구들과도 잘 지냈다. 부모님은 외동이라고 특별하게 대하지 않으셨고 평범하게 키우셨다.

엄마는 본인과 가족의 삶을 균형 있게 일궈가는 분이셨다. 그런 엄마 곁에서 나는 또래보다 독립적이고 단단하게 커갔다. 엄마에 관한 따뜻한 기억이 두 가지 있다. 어릴 적에 부모님과 교회에 가면 내가 곧잘 잠이 들었고 그때마다 항상 나를 업어 주셨다. 업혀 가고 싶어서 가끔 자는 척도 했다. 엄마 등에서 포근하게 울리는 음성을 듣는 게 좋았다.

또 새 물에 나를 씻기겠다고 새벽같이 점퍼를 입히고 모자를 단단히 씌워 목욕탕에 데려가셨다. 목욕하고 나오면 날이 환했고 피부에 닿는 차가운 아침 공기는 개운했다. 새 내복의 까끌까끌한 감촉 사이로 향긋한 비누 향과 살 내음이 올라왔다. 나를 정갈하게 씻기려고 새벽부터 부산했던 엄마의 정성에 사랑이 느껴졌다.

3년 전에 돌아가신 아빠는 사랑이 많은 분이셨다. 하지만 회사 일로 바쁘셨고 가족과 함께하는 시간이 적었다. 어릴 적을 되짚어보면 아빠의 사랑이 전해지는 기억들이 많다. 추운 겨울에 꼬마였던 나를 안고 가다 겨드랑이에 작은 내 손을 넣게 하셨는데 그러면 손이 금세 따뜻해졌다. 수련회에 가기 며칠 전에는 늘 내 속옷과 잠옷, 빗 등을 한아름 사다 주셨다. 아빠만의 사랑 표현이었다.

언젠가 딸아이가 어디선가 흘러나오는 동요를 듣더니 할아버지가 불러주셨다고 말했다. 할아버지를 추억하며 좋아하는 모습에 아빠가 손주들을 꽤 예뻐하셨구나 싶다.

엄마 아빠의 딸로 지냈던 시간을 추억하니 잊고 있었던 부모님의 사랑이 내 마음에 잔잔하게 차오른다. 낡은 사진첩을 열어 보듯 가끔 부모님과의 시절을 기억해봐야겠다. 그 사랑이 온전히 느껴지도록 말이다.

2

아내라는 이름

나도 어느새 40대가 되었다. 마흔이 넘으며 일상이 좀 더 편안해졌다. 받아들이고 포기할 것을 정하는 속도가 빨라졌다. 아내로서도 그렇다. 올해로 결혼한 지 15년 차고 이제 포기와 내려놓음의 중간 지점 어딘가 즈음에 서 있다.

결혼 초 '나는 왜 결혼했을까?', '이러려고 결혼했나?' 싶은 순간이 많았다. 나의 감정과 생각을 존중받지 못했다. 남편은 양말과 와이셔츠 소매를 포개어 빨래통에 넣는 버릇이 있었다. 전업주부 시절, 살림은 내 일이고 집은 내 일터였다. 빨래하는 나를 위해 포개지 말아 달라고 부탁했지만 허사였다. 나는 매번 빨래 더미에서 양말을 꺼내 일일이 개켜서 세탁기에

넣었다.

남편은 저녁을 먹고 오는지, 일이 언제 끝나는지 미리 말을 안 해 주었다. 늘 바쁘다고 했다. 저녁을 준비하는 나로서는 어느 정도 요리해야 할지 난감했다. 남편은 늘 대단하고 중요한 일을 혼자 다 하는 듯했다. 남편에게는 내 부탁이 잔소리로 들렸고 나는 잔소리로 받아들여지는 상황에 슬퍼졌다.

문화 차이와 사회적 관습, 처음 겪는 결혼의 모든 것이 나를 많이 아프게 했다. 결혼하자마자 첫째를 임신했고 남편이 의지가 되길 바랐지만 그러기 어려웠다. 누구에게도 따뜻한 말을 듣지 못했다. 결국 스스로 견디고 넘겨내고 강해져야 했다. 남편은 회사나 자기 일에 집중하는 사람이었고 자연스레 크고 작은 모든 집안일 처리는 내 몫이 되었다. 이사, 재정관리, 육아 등을 늘 혼자 고민하고 결정하고 헤쳐나가야 했다.

그런 덕분에 나는 할 줄 아는 게 많아졌다. 마음공부나 심리학에 더욱 관심이 생겨 책을 읽었고 재테크에 관심 없는 남편 대신 재정관리를 하나씩 알아갔다. 우리는 가족이란 이름으로 한배를 탔기에 객관적으로 상황을 바라보고 내가 할 수 있는 것을 했다.

나, 아내, 엄마란 세 가지 역할의 균형점을 찾으려 애썼다. 처음에는 세 개의 접시를 동시에 돌리는 것이 버거웠지만 부득부득 나란 접시를 올려놓고 또 올려놓았다. 그러자 어느 순간 세 개의 접시가 각자의 속도로 잘 돌아갔다.

결혼한 지 십 년이 넘어가면서 남편이 조금씩 변했다. 가족과 함께 보내는 시간에 의미를 두기 시작했다. 아이들이 아빠와 놀고 싶어 하면 하던 일을 멈추고 놀아주고 집안일도 곧잘 했다. 내 이야기와 감정에도 조금씩 귀 기울였다. 십 년의 기적인가. 요즘은 분리수거와 음식물쓰레기 처리를 도맡아 한다. 그 어느 때보다 자상하며 집안일에 적극적이다. 나는 이제 이십 년의 기적을 기대해보게 된다.

지난 시절에 대한 글을 쓰며 20대 끝자락의 아내였던 나와 40대의 아내인 내가 말없이 마주 보고 미소 짓는다. 그리고 서로 토닥이며 안아준다.

3

엄마라는 이름

결혼하고 첫째를 낳고 나니 엄마가 되어 있었다. 아이가 엄마라고 하니까 엄마가 되었다. 하지만 새 옷을 입은 것처럼, 결혼생활도 엄마란 역할도 매 순간이 처음이어서 낯설었다. 아이를 갖는 것은 축복이었지만 막상 배가 무거워지니 몸도 마음도 힘들었다. 그동안 나라고 생각했던 것들이 점차 사라졌다. 기쁨과 혼란스러움이 함께 커져만 갔다.

자연스러운 출산과 육아를 하고 싶었다. 하지만 첫째 아이는 난산이었고 조산원에서 출산하고 싶었던 바람과 달리 결국 다니던 병원으로 달려가 아이를 낳았다. 첫 수유를 하고서 깨달았다. 출산과 육아 역시 이상과 현실의 온도 차가 크다는 사실을.

첫째가 갓난쟁이를 벗어나 '이제 좀 사람이 되어가는구나!' 싶을 때 자연스레 삼 년 터울로 둘째를 임신했다. 두 번째로 겪는 과정은 힘들지만은 않았다. 아이를 낳는 과정도 비교적 수월했고 분만 당시 '아, 슬슬 진통이 시작되겠구나', '아, 이렇게 힘을 주면 되나?' 하는 여유까지 조금 생겼다.

장난꾸러기 아들을 키우며 둘째를 낳고 키우는 과정은 힘들었다. 갓난쟁이를 보고 있으면 첫째가 울고, 첫째와 놀아주다 보면 갓난쟁이가 날 찾아댔다. 둘 사이에서 허둥댔다. 첫째를 키웠던 경험 덕에 육아의 여러 가지 과정을 받아들이고는 있었다. 엄마란 옷이 어느 정도 편안해졌다. '나'와 '엄마'의 역할이 자리를 잡아 갔다. 그래도 엄마의 책임과 무게는 여전히 버거웠다.

먹이고 입히며 '잠만 좀 푹 잤으면 소원이 없겠다.' 싶던 갓난쟁이 시절이 지나고 아이들이 커가면서 새로운 일들이 더해졌다. 시간이 가며 수월해지는 것이 늘어난 만큼 힘든 것이 생겨났다. 결국, 엄마는 늘 어려운 자리다.

어쩌다 "다시 태어나도 엄마는 너희 둘을 낳을 거야."라고 말해주면 행복해하는 얼굴, 그 모습이 내 안의 엄마를 자라게 한다. 그렇게 또 낡은 앞치마를 두르고 밥을 하고 엄마를 하게 만든다.

나는 '그냥 엄마'이고 싶다. 두 아이가 한 사람의 어른으로 세상에 나아갈 수 있도록 도와주는 사람. 훌륭한 혹은 좋은 같은 수식어가 없는 엄마 말이다.

오늘도 "엄마!"란 말을 들으며 하루를 시작한다. 어떤 날은 좋고 어떤 날은 힘이 들지만, 배 속에서 꼬물대던 생명이 태어나 저리 자라나는 것이 참 신기하다. 화분 하나도 제대로 못 키우던 내가 두 아이를 키우다니 때때로 정말이지 놀랍다. 그래, 나는 엄마다.

4 사회인으로서의 이름

20대에 잡히지 않을 것 같던 꿈을 좇았다. 하나씩 계단을 오를 때 앞은 있기는 한지 늘 불안했다. 내가 좋아하는 일에 재능이 있기는 한 걸까 고민했다. 설상가상 아빠가 하시던 사업이 안 좋아지며 집안도 경제적으로 어려워졌다. 졸업 무렵 공고가 뜨는 곳은 모조리 시험을 보러 다니다 사내 방송국에서 근무하게 되었다. 하지만 꿈과 현실의 간극이 컸다.

꿈을 위해 계속 달리기에는 나에 대한 확신이 부족했고 다른 것을 찾아 떠나기에는 불안했다. '끝이 있기는 한 걸까?', '내 선택이 옳은 걸까?', 끝을 알 수 없는 터널을 지나는 기분으로 20대를 보냈다. 심적으로 스트레스를 받으면 목소리도 시원하게 나오질 않아 방송하거나 시험을 볼 때 엄청난 부담이었다.

총체적 난국인 그때, 지금의 남편을 만났다. 내 진로에 의문을 가질 때였기에 일을 그만두고 내가 그저 좋다는 남편과 결혼했다. 마음의 준비가 채 되기도 전에 작은 생명이 찾아왔고 한 사람을 선택했다는 이유로 감내하고 받아들여야만 하는 일들이 참 많았다. 나를 뒤흔드는 소용돌이 속에서도 나 자신을 잃지 않으려 애썼다. 고군분투하며 첫째 아이를 키웠다.

그러다 둘째를 임신했을 때 남편이 해외 발령을 받게 되었다. 상상해본 적 없는 먼 나라, 이집트와 인연이 되어 우리는 그곳에서 6년을 살았다. 나는 한국어 강사로 새로운 일에 도전하게 되었다. 방송과 수업은 비슷한 부분이 많았다. 정해진 시간에 다른 이들에게 무언가 잘 전달하고 함께 소통하는 일이었다. 나는 학생들을 만나고 가르치는 일이 즐거웠다.

갓난쟁이와 개구쟁이 아이 둘을 해외에서 키우며 일주일에 두 번 강의를 나가는 일은 쉽지 않았다. 이집트는 날이 덥고 집에서 학교까지 거리도 멀었다. 한참 시위가 있던 시절이라 정국도 불안했다. 학교 시설이나 수업환경도 좋지 않았고 주말이면 피곤해서 몸져누웠다. 학생들을 잘 가르치고 싶어서 평일 새벽에는 관련 공부를 했다.

긴 타국 생활을 마치고 한국으로 돌아와 한국어 강의를 이어가게 되었다. 이번에는 내 나라에서 외국인 학생들을 만나니 새로웠다. 이집트와 달랐지만 모든 것이 잘 갖추어진 내 나라의 모든 것이 좋았다.

방송할 때 스트레스였던 목소리에 대한 고민이 강의하며 나도 모르게 사라졌다. 4시간씩 강의를 하다 보니 목이 쉬고 낫고를 반복하며 단련되었다. 돌이켜보면 그동안 했던 여러 경험이 내가 하는 일에 초석이 되었고, 고민했던 문제들은 어느 순간 자연스레 풀리기도 했다. 헤매고 아팠던 시간이 지금의 나를 만들어간다.

내가 가진 다양한 날실들이 하나씩 꿰어지며 결국 나만의 고유한 빛깔을 가진 사람이 된다면 좋겠다. 결국 나란 사람이 태어난 이유를 살아가며 알게 될 거라 믿는다.

5

'나'라는 사람

둘째를 임신한 지 4개월 차에 갑자기 남편이 해외 발령을 받게 되었다. "카이로 어때?"란 질문에 나는 불쑥 "좋다!"라고 했고, 그렇게 우리는 이집트로 가게 되었다. 모험적인 성격 탓에 피라미드와 나일강이 있는 미지의 나라여서 호기심을 자극했나 보다.

3년을 계획했지만 6년을 그곳에서 보냈다. 우리 가족은 이집트가 꽤 잘 맞았다. 낯선 곳이었지만 사는 것은 어디든 비슷했고 잘 갖춰진 곳이 아니라서 한국에서 누렸던 당연한 것들에 새삼 감사를 느꼈다. 정전이 하루에도 몇 번씩 되던 더운 사막 나라에서 거대한 태양의 기운을 받으며 아이들도 남편도 나도 커갔다.

카이로로 가기 전 가서 어떻게 살까 생각을 했다. 먼저 좋은 사람들을 만나고 싶었고, 남편을 내조하며 나 자신도 뭔가 이뤄내고 싶었다. 나의 목표는 가족 모두의 성장이었다. 그리고 이집트에 무언가 도움이 되고 싶었다. 결혼 전 경험을 살려 해외에 나간다면 한국어를 가르쳐보면 어떨까 싶었다. 그 소망은 현실이 되었다. 이집트는 우리 가족을 많이 사랑해 주었다.

낯선 나라에서 다양한 인종의 사람들을 만나고 다양한 문화를 접하면서 삶에는 정해진 틀이 없다는 것을 알게 되었다. 또 당시 이집트는 시위가 잦았고 테러 사건이 종종 일어났다. 무의식적으로 늘 삶과 죽음에 대해 생각하게 했다. 무언가 하고 싶다면 지금 당장 해야 한다는 생각이 더욱 강해졌다. 그래서 한국에 돌아와 다양한 일들에 도전하고 있는지도 모르겠다.

내가 가장 하고 싶은 것은 글을 쓰고 노래하는 것이다. 그래서 우연히 지역 잡지를 만드는 일에 참여해 글을 썼고 작가가 되기 위해 글쓰기 수업도 찾아 들었다. 나만의 책을 만들고 싶어서 얼마 전 미니멀라이프를 주제로 전자책을 냈고 이렇게 공저 에세이도 쓰고 있다. 작은 시도들이 모여 조금씩 쓰는 사람이 되어간다.

오랜 꿈이었던 노래에도 도전 중이다. 동네 실용음악 학원에 용기 내 찾아가 보컬 레슨을 받은 지 벌써 2년째다. 노래 부르는 것이 정말 즐겁다. 배울수록 어렵지만, 그간 궁금했던 것을 하나둘 알아가고 한 주 한 주 시간이 가며 조금씩 나아지는 모습에 기쁘다.

내가 꿈꾸는 삶에 그저 한 발씩 걸어가 본다. 노래하고 글 쓰며 좋아하는 책 한 권 들고 가볍게 짐을 싸 훌쩍 여행을 떠나는 삶을 꿈꾼다. 아이 둘을 키우는 엄마이자 한 가정의 주부이지만 종국에는 나로서 자유로워지고 싶다. 삶은 여행 같은 것이니까.

6

가끔은 화남

"화를 낸다는 것은 불덩이를 손에 쥐고 던지는 것과 같다."라는 글을 읽다 아차 싶었다. 상대에게 화를 내면 내 손이 먼저 다친다는 말이다. 살면서 여러 가지 감정을 느끼지만, 화만큼 에너지가 빠지는 일이 있을까 싶다. 기분이 좋으면 몸이 가볍고 편안하지만, 화란 녀석은 그 기세도 세고 거칠다. 그래서 발산하고 나면 기운이 쪽 빠진다.

화를 내는 이유는 물론 있지만, 나중에는 화내는 나에게 더 화가 난다. 기쁨이 기쁨을 불러오듯 화는 화를 불러온다. 그래서 감정적으로 고조되어 있다면 잠시 멈출 필요가 있다는 걸 안다. 하지만 때로 잘 안 된다. 화가 난다면 내 화를 가만히 바라보고 관리할 줄 알아야겠다는 생각이 든다.

화는 자기 자신이나 상대방 혹은 상황 때문에 난다. 소통이 되지 않아 답답하거나 자연스럽지 않은 흐름일 때 화란 감정이 올라온다. 애초에 화나는 감정까지 가지 않기 위해서는 어떤 일이든 그러려니 하거나 혹은 그런가 보다 하고 마는 초연해지는 마음이 필요하다. 옳고 그름 너머 무슨 일이든 일어날 수 있고 어떤 일이든 생길 수는 있으니까 말이다. 상대방은 어떤 생각이든 할 자유가 있다. 자신에게 화가 나는 경우도 마찬가지다. 그 당시 화를 내거나 흘려보내는 것 모두 내 선택이고 자유다.

화가 올라올 때 쉽게 멈춰지지 않는다면 말을 줄이는 것도 한 가지 방법이다. 때때로 침묵하는 것이 도움이 되었다. 내 화도 흘러가고 상대도 생각할 시간을 갖게 되니 문제들이 스르르 해결되었다. 어쩌면 화는 내 급한 마음 때문이기도 했으니까.

좋아하는 책에서 마음은 내가 아니니 마음과 나를 동일시하지 말라고 했다. 늘 마음은 흘러가게 두고 널뛰게 가만히 두고 보라 했다. 거부하면 안 좋은 감정이 더욱 커지니 두려움마저 안아주라고 했다. 화도 마찬가지다. 내가 육체와 마음을 넘어선 존재라는 사실을 제대로 깨닫게 되는 날, 나는 화를 잘 다룰 수 있을 거다.

기쁘고 슬프고 화나고 늘 마음은 쉽게 이리저리 움직인다. 모든 건 변화하고 내 마음도 그렇다. 때때로 마음이 요동치면 그렇게 두고 안아주고 다독이면 내 화도 스스로 줄어들고 사라질 거다. 토닥토닥, 도닥토닥. 화내고 미웠던 나를, 화내고 지쳤던 나를, 오늘은 토닥이고 안아줘야겠다.

"화야 왔구나, 오랜만이야. 곧 갈 거란 걸 알아. 잘 가렴. 그럼 안녕~"

7

그 안의 기쁨

재작년부터 새벽 기상을 시작했다. 아이들 도시락을 싸거나 일정이 있다면 어쩔 수 없이 새벽에 일어나기도 했지만, 자발적으로 하는 것은 처음이었다. 밤늦게까지 혼자만의 시간을 보내는 것을 좋아하는 올빼미라서 매일 새벽 네다섯 시에 일어난다는 것이 쉽지 않았다. 며칠 흐름이 끊기면 다시 올빼미 생활로 돌아가기 일쑤였다. 하지만 점차 새벽의 맛을 알아갔다. 새벽의 신성한 공기와 하루가 시작되는 시간의 아름다움에 빠져들어 갔다. 새벽은 장미꽃잎이 떨어지는 시간이라고 했던가. 참 우아하고 멋진 시간이다.

올해 6월부터는 걷기를 시작했다. 평소 걷기를 좋아했지만 운동으로 꾸준히 하기는 처음이다. 5시 알람 소리에 일어나 운동복을 입고 물 한잔을 마신다. 이어폰을 귀에 꽂고 좋아하는 음악을 틀고 집을 나선다. 이른 시간이라 거리에는 차도 사람도 거의 없다. 시끌벅적 붐비기 전 한산한 거리의 이른 아침 속을 걸어간다. 그렇게 동네 천변으로 가면 이미 운동 나온 분들이 많다. 같은 시간을 함께하는 모르는 사람들에게 왠지 모를 동질감이 느껴진다.

보통 한 시간 사십 분 정도 걷는다. 매일 하다 보니 나만의 거리와 루틴이 생겼다. 나무 길을 쭉 걷다가 천변으로 이어진 길이 나오고 수변 무대에 도착하면 계단처럼 앉는 곳이 있는데 그곳이 나만의 터닝포인트다. 가장 높은 곳에 올라가 스트레칭을 한다. 저 멀리 산이 보이고 하늘 높이 자유롭게 날아가는 새들을 보면 마음이 시원해진다.

고개를 들어 목을 뒤로 젖히면 예쁜 초록 잎들이 가득 보인다. 항상 같은 장소에 가지만 날씨에 따라 시간에 따라 자연의 모습은 늘 다르다. 비 오는 날, 햇빛이 쨍한 날, 새들이 지나는 풍경, 항상 비슷한 장소에 있는 고양이들. 매일 같지만 매일 다르다. 바람에 흔들리는 나뭇잎, 바람 내음, 매일 조금씩 다른 날씨를 온몸으로 느끼며 스트레칭을 한다. 그리고 다시 왔던 길로 돌아가며 룰루랄라 기분 좋게 걷는다.

나무, 바람, 새, 고양이, 길가의 이름 모를 풀꽃과 지나는 사람들. 그런 것들을 보는 자체로 잔잔한 기쁨이 차오른다. 진정한 기쁨은 어떤 대단한 것에서 온다기보다 순간의 자연을 느낄 때 찾아온다. 잠시 멈춰 서서 불어오는 바람결에 흔들리는 나뭇잎을 보고 고개를 들어 하늘을 바라보며 자연의 소리에 귀 기울이면 함께 호흡하는 느낌이 든다. 잔잔한 평화와 스며드는 행복감에 기쁘다. 자연에 폭 안겨서 토닥임을 받는 기분이 든다.

날갯짓하며 하늘을 나는 새들, 물가에서 물질하는 청둥오리의 모습에 나란 존재가 담긴다. 나에게 있어 최고로 기쁜 순간이다.

8

매일 1mm의 성장을 꿈꾸다

책을 읽거나 음악을 듣다가 저자와 음악가의 생각 속으로 빠져들 때가 있다. 누가 만든 건지 그 이름을 다시 한번 확인하게 된다. 책이라면 지은이를, 음악이라면 작사가나 작곡가를 일부러 찾아본다. 그들이 만든 다른 작품들도 살펴보면 깊은 울림이 주는 따뜻함을 가지고 있다. 그런 사람과는 향기로운 차 한 잔을 두고 카페에서 도란도란 이야기하고 싶어진다.

평범한 이야기를 다른 시각과 새로운 관점으로 바라보게 될 때 뇌가 상큼해진다. 찌르르하고 전기가 들어와 머릿속에 불이 하나둘 켜진다. 조각된 정보들이 연결되면서 새로운 생각의 끈이 이어질 때 기분이 좋다. 무엇인가 많이 알고 있는 사람보다 어떤 것인가 깊이 있게 알고 독특한 시선으로 세상을 바라보는 사람들이 좋다. 여기에 세상을 바라보는 따뜻함과 긍정적인 마음까지 가지고 있다면 더 바랄 게 없다. 나도 그런 사람이 되고 싶어진다. 어떤 것을 많이 아는 사람보다는 어떤 것을 새롭게 들여다보게 만들어주는 사람 말이다.

세상에 다양한 사람들이 있고 다양한 생각들이 공존한다. 내 생각을 온종일 눈에 보이게 만들어 본다면 구름처럼 머리 위를 계속 떠다닐지 모르겠다. 수많은 모양과 빛깔의 생각들이 교집합을 이룰 때 우린 비슷한 사람이라고 느낀다. 같은 부분이 많다면 비슷한 부류의 사람일 것이다. 비슷한 층의 생각을 공유한다는 건 살면서 큰 기쁨이다. 그런 사람과는 생각이란 건물의 지하로 쭉 내려갔다가 지상으로 쭉 하고 쉽게 오르락내리락하게 된다.

살면서 풀어야 할 문제들이 끊임없이 등장한다. 어느 정도 알고 있어야 할 기본적인 지식의 양은 있지만 알고 있는 것을 어떻게 엮는지가 나이를 먹을수록 더 중요해진다. 대충 읽은 수백 권의 책은 깊이 있게 한 줄 한 줄 읽은 한 권의 책에 비할 수 없다. 우리가 지혜로운 사람이 되고자 하는 이유일 거다. 알고 있는 것과 알게 된 것을 조합하고 비슷한 것으로 분류하고 종합적으로 판단할 수 있는 능력은 나이를 먹을수록 더욱 필요하다. 중요한 결정을 해야 할 순간이 많아지니까 말이다. 이런 과정은 나만의 새로운 생각으로 정리되면서 인생의 색을 깊어지게 할 거다.

공자는 자신의 일생을 되돌아보며 40은 세상의 유혹에 넘어가지 않는 나이라는 '불혹', 50은 하늘의 뜻을 알게 되는 나이라는 의미로 '지천명'이라 했다. 세상의 유혹에 넘어가지 않으려면 다양한 지식과 지혜를 가져야 하고 하늘의 뜻을 알려면 나와 세상을 깊이 있게 깨달아야 할 터다. 나는 불혹의 나이를 살며 지천명을 바라보는 나이로, 하루하루 지혜의 샘물이 솟아나 지성이란 우물이 새 물로 찰랑대기를 바란다. 몰랐던 지식은 더하고 알고 있는 지식은 지혜와 섞이고 엮여 깊어질 수 있기를. 그렇게 살다 보면 내가 이 세상에 태어난 사명에 점점 더 가까워지지 않을까 싶다.

오연지

꿈을 그리다,
꿈을 닮다

딸이라는 이름

어둠이 남긴 푸른 기운이 감도는 새벽녘, 전날 백일을 치르느라 많이 피곤했던지 평소보다 유독 자주 깨는 딸아이였다. 평소 수유 후 바로 곯아떨어져 다시 잠들곤 했는데 유난히 징징거리며 보챘다. 기저귀도 갈아보고, 어르고 달래도 보고…. 이런저런 시도에도 만족스럽지 않은지 아이는 몸을 뒤틀며 칭얼댔다. 살포시 몸을 끌어안고 잠긴 목소리로 노래를 불러주자 아이는 몸부림을 멈추고 귀를 기울였다.

“동구 밖 과수원 길 아카시아꽃이 활짝 폈네. 하얀 꽃 이파리 눈송이처럼 날리네….”

‘과수원 길’부터 동요 메들리가 시작된다. 아기의 속눈썹

이 파르르 떨리는 것을 보며 잠긴 목소리로 열심히 노래를 부른다. 아기 엉덩이를 토닥이며 새벽녘의 푸르스름한 하늘을 보고 있노라니 갑자기 생각나는 노래가 있다.

"낳실 제 괴로움 다 잊으시고 기를 제 밤낮으로 애쓰는 마음…."

노래를 부르며 문득 떠오르는 엄마의 얼굴. 순간 울컥, 목이 메어 온다. 지금의 나보다 어린 스물여덟의 나이에 엄마가 된 나의 엄마도 이렇게 애쓰셨겠구나.

과수원집 딸이었던 엄마는, 홀어머니를 모시고 살던 아빠와 결혼했다. 청주에서 한 시간 이상 떨어진 곳으로 대중교통을 이용해 출퇴근하셨기에 새벽녘에 출근길에 나섰다. 퇴근하고 집에 돌아오면 피곤한 몸으로 시댁 식구들 저녁상을 차리고, 갓난아기인 나를 밤새 돌보았다. 나는 참 얄미운 딸이었다. 종일 함께 살을 부대끼며 생활하는 할머니와 돈독했던 나는, 엄마보다는 항상 할머니 편이었다.

"엄마는, 할머니 힘들게 왜 빨래도 안 하고 다녀?"

어린 딸의 이 말이 참 서운하셨는지, 지금까지도 종종 말씀하신다.

하루 벌어 하루 살기 바빴기에 정작 당신 자식들의 유아기를 온전히 함께하지 못한 엄마는, 그래서인지 손주들을 유난히 예뻐하신다. 이제 퇴직하고 여유를 즐기며 당신만 생각해도 좋으시련만, 좋은 옷과 맛있는 것이 있으면 딸 내외와 손주들을 위해 하나씩 꼭 챙겨두신다. 주말이면 엄마의 선물 세례를 받으면서도, 나는 엄마의 지갑 사정 생각한답시고 괜한 곳에 돈 쓰지 마시라며 잔소리하곤 했다. 그럴 때면 엄마는 서운하신 듯 나지막이 혼잣말하신다.

"에이, 재미없는 계집애…."

사 줘봐야 좋은 소리 못 듣는다며 시무룩하시다가도 이내 다시 딸 생각에 당신의 지갑을 여신다. 엄마의 그 마음이 사랑인 줄 몰랐던 나는, 보슬비 같은 엄마의 사랑에 푹 젖어 있으면서 젖은 줄도 몰랐던 나는, 다 커서도 엄마 마음 참 몰라주는 딸이다.

나를 꼭 닮은 딸아이의 엉덩이를 토닥이다가 그렇게 서른즈음의 어린 내 엄마와 만났다. 집 안을 채우고 있는 많은 것들에 엄마의 사랑이 묻어있었다. 매일 아침 식사를 도와주는 젓가락에도, 아이가 신고 뛰노는 운동화에도, 나를 온전히 쉬게 하는 편한 잠옷에도…. 일상을 감싸고 있는 엄마의 사랑에 눈이 시큰해진다. 날이 밝으면 엄마에게 전화를 걸어야겠다. 엄마가 사 준 옷이 참 따뜻하다고. 꼭 우리 엄마 같다고.

그리고 사랑한다고….

2

아내라는 이름

남편과 나는 정반대의 성향을 지니고 있다. 서로 다른 모양새를 지녔음에도 끊임없이 서로 맞춰 가려 노력하는 우리는, 톱니바퀴와 다르지 않다.

남편은 배려심이 많고 신중한 스타일, 숙고파이다. 크건 작건 결정을 내리는 것을 힘들어한다. 이걸 고를까 저걸 고를까 고민을 즐기는 그의 장보기는 한 시간은 족히 걸린다. 평상시에는 온화하고 장난기 가득하지만, 이따금 예민해지며 자주 센티멘털해진다. 잔걱정이 많고 완벽주의적 성향의 소유자이다.

나는 꽂히면 돌진하는 스타일, 행동파다. 큰일이든 작은 일이든 결정이 지나치게 빠르다. 물건 사는 것에 고민하며 시간 쓰는 것을 가장 싫어해, 장을 볼 땐 목록을 미리 적어 가 카트에 척척 담아 30분 안에 계산까지 끝내버린다. 내가 무디니 '남들도 그렇겠지.' 한다. 즐기기도 짧은 인생, 우울해질 틈 따윈 없다. 실수 없는 삶은 인간미가 없다. 내일 걱정은 무조건 내일 한다.

남편은 첫 만남에 내가 본인의 맥주를 빼앗아 마시고, 두 번째 만남에 커다란 김밥을 '앙' 하며 한입에 넣는 것에 반했단다. 나는 자상하고 따뜻하면서도 부담스럽지 않게 조금씩 다가오는, 밀당 따윈 모르는 이 남자가 참 좋았다. 우리는 참 다르다. 그래서 서로가 끌렸던 것 같다.

그러나 연애할 땐 매력으로 다가왔던 차이점들이 결혼 후에는 스트레스로 다가왔다. 입맛부터 성격까지 나와 비슷한 점이라고는 하나도 없었다. 결혼 전 친정집에서는 일상생활을 하는 동안은 가족끼리라도 반드시 평상복을 입고 생활했다. 반면에 남편은 집 안에 들어오면 무조건 잠옷으로 갈아입는 사람이었다. 게다가 오랜 기간 자취를 한 남편은 밥 먹을 때에도 무심결에 웃옷을 벗고 식탁에 앉기 일쑤였다. 제발 밥 먹을 때만큼은 옷을 제대로 입어달라는 별것 아닌 부탁이 5년간 받아들여지지 않자 부부 싸움으로까지 번진 적도 있었다.

이렇게 다른 우리인데, 어느 순간 나만 남편에게 무언가

요구하고 있다는 것을 깨달았다. 남편은 나에게 그 어떤 것도 요구하지 않았다. 변함없이 점심시간에 전화를 걸어 아내의 목소리를 듣고 싶어 했고, 두 번의 출산으로 이젠 영락없는 아줌마가 된 모습도 여전히 사랑해 주었다.

놀랍게도 남편은 나와 반대로 오히려 '우리는 참 비슷하다.'라고 생각하고 있었다. 사실 우리는 비교적 서로 잘 배려하는 부부였다. 상대방에게 목표가 생기면 그 목표를 이룰 수 있도록 '독박 육아'를 마다하지 않았고, 각자의 취미생활이 확실했기에 돌아가며 자유시간을 주는 것에 익숙했다. 누군가 집안일을 하면 다른 한 사람은 쉬다가도 그 일을 돕거나, 자신이 할 일을 찾아서 하곤 했다. 우리는 서로를 배려하고 신뢰했다.

10년을 넘게 연애하며 단 한 번도 헤어지지 않은 것은, 고슴도치처럼 가시 가득한 나를 아파하면서도 끌어안은 남편 덕분이었다. 결혼 후 무수히 다투어도 이내 다시 손을 마주 잡을 수 있었던 것은, 나의 무수한 투정에도 이내 다시 화해의 손을 내밀어 준 남편 덕분이었다. 크기도 모양도 다른 두 톱니바퀴가 꼭 맞아 돌아가듯 우린 서로의 부족한 부분을 보완해 가며 진짜 부부가 되어가고 있다. 온통 나와 반대라서 온통 배울 것투성이인 이 사람이 참 좋다. 그리고 이제는 내가 남편을 있는 그대로 끌어안고 사랑해야겠다.

3

엄마라는 이름

아들은 유난히 순한 성향이었다. 떼를 쓰는 일이 드물었고 설득을 하면 곧잘 따라주었다. 아이의 영상 편지를 보고 가장 먼저 이상 징후를 알아챈 건 친정엄마셨다.

"애 얼굴이 왜 이렇게 상했니? 없던 눈 그늘도 생긴 것 같고, 눈도 자꾸 깜박이고…."

아이의 마음이 병들어가고 있음을 정작 엄마인 나는 눈치채지 못했다. 아들의 눈 깜박임은 점점 심해졌다. 입으로는 음, 음 헛기침 소리를 냈으며, 몇 주 뒤부터는 고개를 뒤로 옆으로 젖히는 증상까지 나타났다. 틱이었다. '불안감', '분노', '감당할 수 없는 스트레스' 등 내면에 쌓인 부정적인 감정이

제때 분출되지 못하여 나타나는 증상이란다. 나와 남편은 부모의 역할을 잘 못 했다는 자책감에 괴로워하며 원인과 치유 방법을 찾기 위해 노력했다.

우선 최근 아이에게 일어난 가장 큰 변화이자, 스트레스를 극도로 높인 결정적 원인으로 짐작되는 수면 분리를 중단하였다. 또한 매주 금요일 새벽 '비폭력 대화' 온라인 독서 모임에 참여하며 아이에게 올바른 언어를 사용하고 있는지 나를 돌아보는 시간을 가졌다. 그 결과 우리 부부가 다소 아이를 통제하는 경향이 있으며, 아이가 부모의 뜻대로 행동했을 때 무의식적으로 '착하다'라고 칭찬했음을 깨달았다. 아이의 마음을 살펴주지 못한 지난날들을 반성하며, 매일 조금씩 아이에게 따뜻한 언어로 다가가고자 노력했다. 남편은 아들과 둘만의 밤 데이트를 하기 시작했다. 퇴근 후 밤마다 공원에서 힘껏 뛰어논 후 함께 목욕하고 살을 비비며 아들의 정서적 안정을 위해 최선을 다해주었다. 손자의 틱 소식에 눈물을 흘리시던 나의 아버지는, 주말마다 손자의 손을 잡고 산책을 하며 아이가 자연을 한껏 느낄 수 있도록 해주셨다.

둘째 아이 수유로 잠이 부족했던 나를 위한 남편의 배려로, 아들의 방에서 홀로 잔 적이 있다. 아이의 시선으로 그 방을 본 것은 그때가 처음이었다. 수면 등의 희미한 불빛과 가족들의 숨소리로 가득 차 따뜻함이 감돌던 안방과는 달리, 칠흑 같은 어둠 속 고요함만 가득한 차가운 공기. 매일 새벽잠에서 깨 안방으로 달려와 엄마 품을 파고들던 아들의 모습이 뇌리를 스쳤다. 싫다는 말도 꺼내지 못한 그 작은 가슴이 얼마나 무섭고 답답했을까…. 아이는 괴롭다고 무수히 신호를 보내고 있었지만, 엄마인 나는 애써 모른 체했었다는 것을 깨달았다. 후회와 미안함이 뒤섞인 눈물이 흘렀다. 다음 날 아들을 꼭 안고 말해주었다. 힘든 네 마음을 몰라주어 참으로 미안했다고….

온 가족이 자책감과 초조함을 최대한 내려놓고 아이의 마음을 보듬어 주며 하루하루 일상을 보냈다. 그렇게 3개월이 흘렀고, 틱은 거의 사라졌다. "엄마의 마음이 편해지면 아이는 자연히 치유된다."라던 당시에는 위로인 줄로만 알았던 지인분의 말씀은 이제 와 돌아보니 참으로 정답이었다.

"아이는 아이다워야 한다."

평소 너무 순종적인 손주를 걱정하며 시어머니께서 하신 말씀이다. 더 나은 부모가 될 기회를 준 아들에게 감사함을 느끼며, 오늘도 나는 아들의 아이다움을 포용하기 위해 무던히 애를 쓴다.

4

사회인으로서의 이름

수줍은 얼굴에 상기된 표정. 우울함을 가리려는 듯한 웃는 얼굴. 그게 그 아이들과의 첫 만남이었다. 부모님의 부재 탓에 초등학교 때부터 외할머니와 지냈다는 남매. 두 손주를 십여 년간 돌봐 오신 할머니의 허리는 오랜 세월 해오셨을 농사일과 삶의 무게로 더욱 굽어 보였다. 할머니의 건강이 걱정된다며 눈시울이 붉어지던 아이들은, 그렇게 나의 첫 사례관리 대상자가 되었다.

코로나19 사태로 왕래가 뜸하던 중 아이들 소식을 다시 듣게 된 건 여름 무렵이었다. 거주 중인 집이 무너지고 있다는 소식이었다. 즉시 가정방문을 진행한 나는 경악을 금치 못했다. 집 안 한가운데 바닥은 마치 지진이 난 것처럼 반으로 갈라져 있었으며, 바닥이 움푹 들어가며 기울어진 장롱들은 저마다 앞으로 옆으로 기울어져 있었다. 한 달이 넘게 이어진 장맛비에 할머니와 50년을 함께한 낡은 주택은 서서히 무너지고 있었다.

허물고 새로 짓는 방법과 현 상태에서 더는 무너지지 않도록 지지대를 설치하는 방법을 두고 고심하였으나, 어느 쪽도 마땅치 않았다. 비용이 들더라도 안전상 재건축을 건의드렸으나, 할머니는 이대로 살아도 상관없다고 하셨다. 하늘은 뚫리기라도 한 듯 비를 쏟아부었다. 할머니와 남매는 마을의 경로당에서 지내다가 다시 집으로 돌아가기를 반복하고 있었다. 밤새 비라도 내리는 날이면 행여 집이 무너져 할머니와 남매가 다치진 않을까 걱정되어 잠 못 이루는 밤이 이어졌다.

그러던 중 '해비타트'라는 민간 집 짓기 봉사 단체와 연이 닿았다. 나는 해비타트에 협조 요청 공문을 띄워 안타까운 사정을 알렸다. 해비타트에서는 할머니께서 소액을 부담하는 조건으로 집을 새로 지어주기로 했다. 한 지역구 시의원은 주택부지의 명의 정리를 위해 법무사를 소개해 주었으며, 남매의 사정을 전해 들은 오창의 한 향토 기업에서는 무상으로 구축 철거를 돕겠다고 나섰다. 오창의 많은 기업체와 개인의 후

원금도 큰 힘이 되었다. 도움의 손길들이 더해지자 지지부진하던 집 짓기는 일사천리로 진행되었다.

할머니와 남매의 멋진 드림 하우스가 완성되던 날, 봉사자들의 맑은 함박웃음을 잊을 수 없다. 그 어떠한 보상도 바라지 않고 그저 이웃을 위하는 마음 하나만으로 한여름 구슬땀을 흘리는 그들은 진정 날개 없는 천사였다. 그리고 한 가지 깨달은 사실은 우리 주변에 수많은 슈퍼맨이 살고 있다는 것. 어려움에 빠지면 어김없이 나타나는, 영화에서나 나오는 줄로만 알았던 슈퍼맨은 다름 아닌 우리의 이웃이었다. 그들은 도움이 필요한 이웃이 나타나자 망설임 없이 힘을 보탰고 불가능을 가능케 만들었다. 행정의 힘으로, 공무원인 나만의 힘으로는 불가능했던 일들이 실현되는 것을 보며 지역 사회의 저력을 느낄 수 있었다.

누구나 이웃을 위한 슈퍼맨이 되고자 하는 지역 사회를 만들어가는 것. 그 안에 숨어있는 슈퍼맨들이 이웃을 위해 손을 보탤 수 있도록 길을 열어주는 것. 아이들의 잔잔한 웃음이 맑고 투명한 내면의 웃음이 될 수 있도록 도움을 주는 데 나의 온 힘을 쏟는 것.

그것이 이 사회에서 사회복지 공무원으로서, 또 한 명의 슈퍼맨으로서 나의 소명이다.

5

'나'라는 사람

나는 꽤 부지런한 편이다. 워킹맘이기에 낮에는 공무원으로서의 업무를 수행하고, 가족들이 모두 잠든 밤을 이용해 관심 분야의 책을 읽거나 강의를 수강한다. 매일은 아니지만, 새벽 독서 모임에 참여한다. 숨 쉬는 매 순간 발전하고자 노력하는 것. 그것이 곧 삶에 대한 예의라고 여겼다.

'소통'보다는 필요한 지식을 빠르게 받아들이는 '일방통행'을 선호했다. 이 때문에 산문, 에세이 등은 나와는 관련 없는 분야였다. 타인의 일상을 들여다보는 데에 취미가 없었을 뿐더러, 타인의 삶을 애써 읽는다는 것이 나에게 시간 낭비였다. 그렇게 매 순간 원하는 무언가를 추구하며 노력하면서도 정작 스스로를 정의해 본 적이 없었다. 나의 취향은 무엇인지, 나는 뭘 좋아하는 사람인지 설명할 수 없었다. 관심사를 외부에 공개하는 것에 막연한 거부감이 있었기에 그 흔한 블로그, 인스타그램 등의 활동조차 하지 않았다. '나는 누구인가'를 고민할 여유조차 없이 그저 현 상황에 충실하고자 노력한 나는, 앞만 보고 달리는 경주마였다.

삼십 대 중반, 우연히 글쓰기를 만났다. 바쁘기만 했던 삶에 글쓰기가 들어오고부터 잠시 멈추어 뒤를 돌아보기 시작했다. 세상 모든 것들은 글을 쓰기 전과 같았지만, 나의 세상은 달라지고 있었다. 빈 종이를 채우기 위해 마음에 귀를 기울이기 시작했고, 과거의 내게 말을 걸어보기도 했다. 그러자 별 볼 일 없어 보이던 나의 삶이 별것으로 느껴졌다. 사소하다고 생각했던 일상, 가족, 주변 사람들은 실은 전혀 사소하지 않았다. 늘 곁에 있는 그들이 어제보다 오늘 더욱더 사랑스러웠고, 그들의 존재 자체에 감사했다. 그렇게 눈이 아닌 마음으로 세상 보는 법을 조금씩 배워갔다.

과거의 일들과 현재의 일상을 끊임없이 곱씹으며 그 속에서 의미를 찾아가는 일은 참으로 값진 작업이었다. 글로 옮겨 적기 전에는 그저 인상적이라 여겼던 과거의 사건들은, 켜켜이 쌓여 현재의 나를 이루고 있었다. 멈추어 돌아보지 않았으면 결코 깨닫지 못했을 수많은 감정과 마주하며 비로소 '나'를 정의할 수 있었다.

법정 스님은 "쉼 없는 삶은 고역일 뿐이며, 그릇은 빈 공간이 그 존재 이유"라고 했다. 와닿지 않던 이 구절이 문득 마음을 훑고 지나간다. 온갖 잡다한 관심사로 가득 찬 머릿속에 빈 공간을 만들고, 그곳에 글로써 마음을 그렸더니 비로소 삶의 균형이 맞춰졌다. 하루 한 시간, 잠시 멈추어 글을 쓰는 시간은 '정지'가 아닌 앞으로 나아가기 위한 '쉬어 감'이었다. 글쓰기를 만난 덕에 나는 너무 늦지 않게 '쉬어 가는 법'을 배울 수 있었다.

글쓰기로 길게 호흡하는 법을 배우고 삶이 더욱 깊어짐을 느낀다. 짧은 삶을 반추하며 천천히 내 안의 나를 찾아가고 있다. 지식의 빈틈만을 채우는 사이 생긴 수많은 마음 구멍을 글을 쓰며 찬찬히 메워간다. 마른 장작 같던 나의 마음에도 조금씩 물기가 스며든다.

6

어느 날은 슬픔

"연지야, 나 아빠가 돌아가셨어…."

대학 시절을 함께한 십오 년 지기 친구의 연락을 받고 그날로 제천으로 향했다. 친구와 나는 서로 출산을 앞두고 있었다. 만삭의 몸으로 빈소를 지킬 친구가 걱정되었다. 갑자기 돌아가신 탓에 제대로 된 작별 인사도 하지 못한 채 아버지를 보내드려야 하는 그 마음이 가늠조차 되지 않았다. 내가 해줄 수 있는 건 친구의 어깨를 안아주는 것뿐이었다. 끌어안은 우리의 배가 맞닿아 더욱 서글펴졌다.

내 생에 가장 슬픈 날이 미리 그려져 더욱더 슬픈 날이었다. 언제 어떤 모양으로 헤어지게 될지 모르기에 미루지 말고 사랑한다 표현하리. 돌아오는 차 안에서 그렇게 마음먹었다. 그리고 그때가 오더라도 조금 덜 슬퍼하도록, 언제고 아빠와의 행복한 기억을 떠올리며 아빠의 사랑을 느낄 수 있도록 먼 훗날의 나에게 짧은 편지를 남긴다.

아빠

산을 사랑한 우리 아빠
아빠와의 산길은 그리도 좋았다.
하산 길에 만난 소나기
시원한 소낙비와 함께 기억에 스며든
숲속의 바람과 우리의 발소리

책을 사랑한 우리 아빠
폭신한 구름 방석 같던 아빠의 무릎
웅웅 귓가를 마음을 울리던
느릿한 아빠 목소리
책의 마지막 장이 없길 바라던
자그마한 마음

밝은 조명 꽃가루 쏟아지던 날
아빠 손 잡고 다른 삶으로 가는 길 걷던 날
당신이 잡은 작은 손
어느 젊은 청년에게 넘겨주던 날
좋은 날 울지 말라 딸의 등 토닥이며
당신 눈도 같이 발개지시던 아빠.

딸이 자식을 낳자
솥뚜껑만 한 손으로 뚝딱뚝딱
몸에 좋다는 온갖 재료 다 머금고
백 일간 쉬지 않고
끓어오르던 아빠의 솥

손자의 작은 손 부여잡고
무심천 길 거닐며 읊조리는
노랫소리보다 듣기 좋은
꽃 이름 벌레 이름

둑길 저 멀리 지나가는 기차
손자와 나란히 바라보다 보면

환하던 하늘에 땅거미 내리고
아이 마음엔 묵직한 평온이 내린다.

날 저물어 어두울 때면
아빠 머리에 소복이 내린
흰 눈이 더욱더 하얘 보여
검은 물감으로 지우고 지워본다.
이내 다시 내리고야 마는
흰 눈이 야속하다.

시간이 지나고 날이 가고
아빠가 지켜주던 자리가
빈자리가 되어도
아빠와의 따뜻한 기억들이
휑한 나의 마음 구멍 메워줄 테지.

그날이 와도 그 사랑
어디 가지 않고
아빠의 사랑을 먹고 자란
내 속에 단단히 살아있을 테지.

7 그래도, 즐거움

그녀와 나는 아주 우연히 만났다. 아들을 데리고 집 앞 공원에 가던 길, 그녀도 두 딸을 데리고 공원에 가는 중인 듯했다. 으레 스치는 이웃 주민들과의 그것처럼 인사를 주고받았다. 아이들은 마치 예전부터 알던 사이인 양 깔깔거리며 함께 뛰놀았다. 망아지처럼 뛰노는 아이들을 바라보며 잠시 대화를 나누었다. 그녀는 글을 쓴다고 했다. 나와 관심사는 다르지만 가슴에 어떤 열정이 있음이 느껴졌다. 나에게 해맑게 인사하는 아이의 모습이 그림 같아서, 엄마와 딸이 대화하는 모습이 참으로 따뜻해서였을까. 조금 더 알고 싶다는 생각이 들었다. 그때는 몰랐다. 이 만남이 나에게 어떤 영향을 주게 될지를.

우리는 간간이 만났다. 서로의 집에서 아이들을 데리고 만나기도 하고, 커피숍에서 단둘이 대화를 나누기도 했다. 공통 관심사가 없었음에도, 상대방을 향한 배려 가득 담긴 그녀의 신선한 화법에 만나는 매 순간이 즐거웠다. 자연스레 '누구누구 엄마'에서 '언니'로 호칭이 바뀌었다. 친언니가 없는 나는 고민거리가 있으면 이따금 그녀에게 털어놓기도 했다.

첫째 아이의 틱으로 한참 마음고생이 심하던 시기, 그녀는 나에게 '비폭력 대화' 온라인 독서 모임을 추천했다. 그녀를 비롯한 멤버들 대부분이 아동심리 관련 전문가들이었다. 그렇게 비폭력 대화를 배우고 실천하여 아이에게 주는 말에 조금씩 변화를 주고자, 더 나은 엄마가 되고자 무던히 노력했다. 그러던 어느 날 아이가 맑은 눈으로 나를 보며 말해주었다.

"엄마가 요새 민준이한테 예쁘게 말해줘. 민준이 마음을 잘 알아줘."

아이 얼굴에 드리웠던 그늘이 천천히 걷히고 있었고, 내 마음의 먹구름도 조금씩 사라져갔다.

그녀는 나에게 두 번째 제안을 했다. 글을 써보라는 것이었다. 글은 연애편지를 쓸 때나, 직장에서 기고문을 내라고 닦달할 때를 제외하면 써본 적이 없던 나는 잠시 고민했다. 하지만 그녀의 제안이었기에 써보겠다고 했다. 나와 다른 길을 걷는 사람과 연이 닿고, 나의 일상이 예상치 못한 방향으로 흘러가는 것이 매우 흥미로웠다. 상상하지 않았고 관심조차 없던 분야에 발을 들여놓기 시작했다.

처음에는 그저 머릿속에 흩어져 있는 이야기들을 활자로 적는 행위 자체가 재미있었다. 타인이 시킬 때는 숙제처럼 느껴지던 글쓰기가, 스스로 쓰기 시작하니 마구 쏟아져 나왔다. 글을 쓰는 과정은 깨달음의 연속이었다. 의식하지 못하고 흘려보낸 무수한 순간들에 부모님의 사랑이, 남편의 배려가 묻어있었다. 일상에 감사의 마음을 가질 수 있게 되었고, '고맙다', '사랑한다' 표현하는 방법을 배워갔다. 어느새 나는 글쓰기를 즐기고 있었다. 온통 실용적인 것만을 취하던 내가, 그렇게 삶을 들여다보는 법을 배워갔다.

그녀는 나의 세상에는 없던 '아름답게 말하기'와 '글쓰기'라는 호숫가로 나를 이끌어주었고, 나는 그 물을 기꺼이 들이켰다. 그리고 그 호수에서 헤엄치듯 신나게 즐기며 글을 쓰는 중이다. 그녀가 없었다면 이토록 즐거운 글쓰기를 시작조차 하지 않았을 터. 그렇기에 나의 글쓰기를 이야기함에 그녀의 이야기가 빠질 수 없다. 예상치 못하게 쓰는 삶을 살아가고 있는 요즘, 매일 즐겁고 새롭다. 인생의 빈 종이들을 빼곡히 채워갈 앞으로의 날들을 기대하며, 나는 오늘도 글을 쓴다.

8

매일 1mm의 성장을 꿈꾸다

나는 지적 능력과 행동력을 키우는 데에 매우 적극적이다. '뇌가 예뻐야 진짜 미인'이라는 것이 나의 지론이다. 현재 나의 지적 탐구는 경제 분야에 집중되어 있다. 결혼 전에는 전혀 관심조차 없던 분야에 이렇게나 관심을 두게 된 것은 '내 집 마련' 이라는 지상 과제를 해결하는 과정에서 비롯되었다.

결혼 당시 양가 부모님의 도움 없이 둘만의 힘으로 시작하자고 당차게 첫발을 내디뎠다. 남편 직장에서 아파트 전세금을 무이자로 지원해 줬기에 집 걱정은 없겠거니 했다. 하지만 집 없는 설움은 생각보다 컸다. 신혼의 단꿈에 부풀어 열심히 보수하고 입주한 전셋집이었건만, 계약 기간도 채우지 못하고 쫓겨나고 말았다.

이런 일들을 겪으며 중요한 무언가를 놓치며 살고 있다는 생각이 들었다. 절약은 하고 있었지만 내 집 마련, 자녀 양육, 부모님 부양 등 미래 자금계획을 세울 때면 가슴이 갑갑해졌다. 다들 이렇게 산다고들 하지만, 정말 이게 맞는 것인지 의문이 들기 시작했다. 적금만이 답은 아니라는 결론에 도달했고, 새로운 탈로의 갈증으로 다른 길을 찾기 시작했다.

돌파구가 필요한 경우 항상 책 속에서 길을 찾았기에, 이번에도 다르지 않았다. 점심시간마다 직장 바로 옆 시립도서관을 도토리라도 숨겨 놓은 다람쥐처럼 드나들기 시작했다. 모르는 경제 분야 도서라면 그게 무엇이든 가리지 않고 빌려다 읽었다. 모든 것이 아리송했지만, 독서가 쌓여갈수록 남의 지식이 점차 나의 것이 되는 것이 느껴졌다. 낮에는 일하고, 밤과 새벽 시간을 이용해 경제 서적을 탐독하는 주경야독의 시간이 이어졌다.

처음에는 남들처럼 무작정 절약하는 것으로 시작했다. 하지만 지식이 어느 정도 쌓이자 가계부 없이도 지출을 현명하게 조절할 수 있었다. 사는 순간 가치가 줄어들기 시작하는 '소비재' 지출은 최대한 줄이고, 사두면 나를 위해 일하기 시작하는 '자본'을 조금씩 늘려갔다. 선택의 순간은 매일 일어났으며, 옳은 선택을 반복한다면 어렵지 않게 자산을 늘릴 수 있겠다는 확신이 들었다.

더불어 책이든 강의든 일단 배운 것은 무조건 실천해 보았다. 부동산 분야를 접한 후에는 부동산 투자를 해 보고, 미국 주식 관련 책을 읽고 나서는 미국 주식을 샀다. 경매 관련 지식을 습득하면 법원으로 달려가 입찰에 참여했다.

그렇게 2년간 정신없이 공부와 투자를 병행하고 나니 내 집 마련은 어느새 이루어져 있었다. 나의 목표는 더는 '내 집 마련'이 아닌 '자산가가 되어 경제적 자유를 이루는 것'으로 바뀌어 있었다. 아무것도 모를 땐 한없이 멀게만 느껴지던 '내 집 마련'이라는 숙제는 사실은 너무나 쉬운 것이었다는 것을 깨닫자 알 수 없는 허무함이 밀려왔다. 자본주의 사회에서 경제 공부를 안 한다는 것은 벌거숭이로 사는 것과 같음을, 나는 그동안 벌거숭이인 채 살아왔음을 깨닫는 순간이었다.

돌이켜보면 신혼 초의 집 없는 설움과 수많은 날의 한숨은 일과 육아로 바쁜 와중에도 공부를 이어갈 수 있는 동력이 되어주었다. 늘 잠이 부족해 힘겹기도 했지만, 또 다른 지식과 경험의 습득으로 오늘의 나와 내일의 내가 달라짐을 알기에 매 순간 즐거웠다. 하루하루 배우며 실천하는 삶을 살고자 하는 나는 아직은 어설프지만 당당한, 뇌가 예쁜 진짜 미인이다.

윤미

이제 나를
사랑할 시간

딸이라는 이름

엄마가 되지 않았더라면 엄마를 이해할 수 있었을까? 엄마는 처음부터 엄마인 줄 알았다. 엄마의 젊은 시절을 알 턱이 없었으니까. 내 엄마이기 전에 누군가의 귀한 딸이었을 우리 엄마.

스무 살만 되면 갑자기 딴 세상이 올 것 같고, 뭐든 다 할 수 있다고 생각했다. 하지만 막상 스무 살이 되고 보니 나이는 숫자에 불과할 뿐 달라지는 건 없었다. 나는 아빠 엄마의 철없는 딸이었을 뿐이다. 그런데 엄마는 스물한 살의 어린 나이에 결혼하고 내가 태어남과 동시에 어쩌다 엄마가 되었다.

엄마의 젊은 날은 알뜰살뜰 살림하고 두 딸 키우느라 다가버렸다. 지금의 내 나이 때 엄마는 딸 둘을 모두 성인으로 키워내셨다. 그때도 엄마는 여전히 예뻤고 날씬했고, 감각이 있으셨다. 자유롭게 일을 했던 나는 엄마와 많은 시간을 보냈다. 명동으로 남대문으로 쇼핑하러 가고 영화를 보러 다녔다. 결혼하기 전까지 말이다.

딸이 결혼하고 아이를 낳자 엄마는 오십도 안 되어 할머니가 되었다. 손수 산후조리를 해 주셨다. 그때의 엄마보다 어린 나이인 나도 근력이 달려 무거운 것을 잠깐이라도 들면 팔이 떨어져 나가려고 하고 팔목이 시큰시큰한데, 엄마는 얼마나 힘드셨을까? 그 힘듦을 내가 비로소 겪게 되자 알 수 있었다.

엄마의 젊은 날이 특별할 게 없어서였을까? "젊어서 하지 언제 해. 하고 싶은 거 다 하면서 살아." 엄마의 말 속에는 본인이 하지 못한 것에 관한 아쉬움이 가득 묻어났다. 엄마는 딸 생각에 손자들도 많이 봐주셨다. 그때는 그냥 엄마가 고맙기만 했다. '엄마의 희생이 당연한 건 아닐까?'라고 생각했다. 엄마가 누리지 못했던 시간의 아쉬움 따윈 생각할 겨를조차 없었다.

'엄만 늘 딸 생각을 하지. 난 가끔 엄마 생각을 해.'

딸을 아낌없이 사랑해서 도와주고픈 엄마와 자기 살기 바쁜 딸의 마음이다.

작아진 키, 탄력 잃은 몸, 많아진 주름, 하얗게 센 머리. 어느 날 본 엄마의 모습에 마음이 아렸다. "언제나 소녀 같았던 우리 엄마인데, 누가 그랬어!"라며 따져 묻고 싶은 마음이 들었다. 미간에 생긴 주름이 눈에 띄고 흰머리가 자꾸 늘어나게 되자 이제야 비로소 엄마를 보게 된다. 엄마와 함께 나이를 먹어가는 딸은 기쁨도 슬픔도 함께 나눌 수 있는 둘도 없는 친구가 된다.

한번 나오라는 엄마의 전화가 온다. 시간 없어서 나가기 힘들다고 말하려다 일정 확인을 하고는 약속을 정한다. 아이같이 좋아하는 엄마의 얼굴이 떠올라 입가에 미소가 걸린다. 엄마가 베풀어 준 사랑과 희생에 대한 보답은 언제 다 하지? '나'보다 '엄마'라는 이름으로 사는 김윤정 여사님! 바빠도 꼭 얼굴 보러 자주 갈게요.

'엄마! 고마워요, 이렇게 멋진 세상에 태어나게 해 줘서. 그리고 내 엄마라서.'

2 아내라는 이름

스무 살, 눈에 낀 콩깍지는 위기를 마주한 뒤 믿음과 함께 하며 더욱더 두터워졌다. 벗겨질 수 없을 만큼. 마른 체형과 하얀 피부의 잘생긴 사람이 내 남자친구였으면 좋겠다고 생각했다. 그러던 어느 날, 강제적으로 참가하게 된 Joint MT에서 운명처럼 그를 만나게 되었다. 5남매 중 막내인 그와 2녀 중 큰딸인 나. 늘 언니나 오빠가 있었으면 좋겠다고 생각했다. 내 바람은 그를 만나면서 이루어졌다. 귀여운 여동생 보듯 그는 나를 챙겼고, 나는 그런 그에게 여동생의 귀여움을 맘껏 표현하며 6년간 찐한 연애를 하고 결혼했다.

지나가듯이 이야기한 것도 놓치지 않고 기억하고 있다가

감동을 주는 그, 머릿속에 늘 지우개를 달고 다니며 까먹기 일쑤인 나. 세심하게 감정을 잘 읽어 주는 그, 표면적인 감정만을 알아차리는 나. 조용히 집에 있는 시간을 좋아하는 그, 집에 있는 것보다 밖에 나가 사람을 만나야 에너지가 충전되는 나.

서로의 다름을 인정하며 깨 볶던 시기를 지나 우리에게 힘겨운 시기가 찾아왔다. 그에게 괜찮다고, 이겨 낼 수 있을 거라고 말할 수밖에 없었다. 그리고 믿었다. 이 위기가 지나갈 거라고. 포기하지만 말아 달라고. 그의 선한 눈은 빛을 잃었고 어깨는 점점 작아졌다. 잠든 그의 모습은 금세라도 부서질 듯 위태로웠다. 내가 건네는 말에 대꾸하지 않았지만 나는 매일 희망의 말을 건넸다. "다 잘 될 거야. 난 믿어." 힘든 시기는 그렇게 지나가고 있었다. 그리고 희망이 차츰 우리에게 왔다. 그는 자기를 믿고 자리를 지켜 준 내게 고맙다고 한다. 나는 끈을 놓지 않고 견뎌 준 그가 고맙다. 위기 이후 서로에 대한 믿음이 더욱더 단단해졌다. 긍정의 말과 행동, 서로를 향한 믿음은 우리를 지탱하는 큰 힘이 되었다.

우리는 제2의 인생을 살고 있다. 내가 그렇게 애교가 많았던가? 그 앞에 서면 말투부터가 달라진다. 낯간지러운 말과 행동을 기꺼이 받아들이며 행복에 젖는다. 오죽하면 아들들이 내 흉내를 다 낼까? "자기야! 아까꿍이 보드게임 하면서 나만 공격했다?" 그 모습에 빵 터지고 말았다. 아빠와 엄마의 사랑 가득 담긴 대화나 행동을 아이들은 놓치지 않고 보고 있던 것이다.

매일 먼 길 출퇴근하는 신랑이 고맙기도 하고 안쓰럽다. 나는 오늘도 출근하는 신랑을 사랑스러운 눈으로 바라보며 뽀뽀를 쪽 한다. 손을 잡고 오늘 하루 잘 보내라고 말한다. '식사는 했을까?' 하고 그를 떠올릴 때면 기분 좋은 벨 소리가 울린다. 그에게서 온 전화가 한없이 반갑다. 코맹맹이 소리는 이제 자동이다. 연애 때보다 더 달콤한 오늘이다.

23년째 끼어 있는 콩깍지는 이제 내 몸과 완전체가 되었다. 내게는 세상에서 최고로 멋지고 아내밖에 모르는 남편이, 그에게는 세상에서 제일 예쁘고 사랑스러운 아내가 있을 뿐이다. 믿음이 사랑을 낳는다. 단단한 믿음으로 있는 힘껏 사랑해야지.

3 엄마라는 이름

엄마로 불린 지 17년. 아이와 함께 성장했고, 내려놓음에서 얻는 평안, 기다림이라는 보물을 엄마가 되어서야 알았다.

엄마는 처음이라 낯설고 어려웠다. 모유가 좋다기에 모유 수유를 시작했으나 양이 턱없이 부족했다. 아이는 엄마 젖이 아니면 거부했다. 정성껏 만들어 놓은 이유식도 몇 숟가락 먹고는 혓바닥으로 밀어내기 일쑤였다. 자꾸 칭얼거렸고 금세 깼다. 젖만 끊으면 세상 편하겠다 싶었다. 아이가 15개월이 되던 때 수유 중단을 선언하며 일주일 전부터 아이에게 말했다. 밤에 늘 엄마 젖을 찾으며 잠을 자던 아이는 딱 두 번 깨서 울더니 바로 엄마 젖과 이별했다. 그때부터 밥도 잘 먹고 잠도 잘 잤기에 이게 천국인가 싶었다.

작은 손으로 끙끙대며 가져온 몇십 권의 책을 읽어 주며 아이와 함께 상상의 나래를 펼쳤다. 함께 앞치마를 두르고 고기에 달걀 물을 입히고 빵가루를 묻혀 돈가스를 만들었다. 숲으로 가서 곤충을 관찰하고 체험에 참여했다. 아이를 무작정 차에 태우고 강으로 가서 물고기를 잡았다. 아이가 좋아하는 기찻길 장난감을 조립하고, 레일을 따라 달리는 기차를 보며 함께 손뼉을 치며 좋아했다. 아이를 위해 무언가 끊임없이 해 주어야 한다는 생각에 했던 일이었지만 돌아보니 아이보다 내가 더 몰입하고 즐거워했다.

아이가 3학년이면 나도 3학년, 아이가 6학년이면 나도 6학년이었다. 분수를 배우고 비례식을 풀었다. 책에 있는 개념이 머리에 쏙쏙 들어오며 고개가 절로 끄덕여졌다. 아이와 함께 공부하며 그 시절로 돌아간 엄마는 척척 풀리는 문제를 보며 자신감을 얻었다.

엄마 손이 많이 필요했던 시기에는 아이들이 빨리 컸으면 싶었다. 뭐든지 "나도! 나도!"를 외치고, "놀아줘!"를 외쳤던 시기는 생각보다 금세 지나갔다. 엄마와의 시간이 즐거웠던 아이는 어느새 친구와의 시간을 더 즐기게 되었다. 엄마의 운동 제안에는 시큰둥하던 아이가 친구의 운동 제안에는 신나게 집을 나선다.

아이의 사춘기가 되자 지금까지 했던 '함께'의 시간은 바람이 되었다. 잔소리는 이제 통하지 않았다. 아이는 투명 귀마개를 하고 엄마의 말은 듣지 않았다. 자신의 의지가 거부당했다는 느낌이 들면, 눈에서 레이저를 쏘아대며 두 주먹을 불끈 쥐며 중얼거렸다. 분노에 찬 목소리에 간간이 거친 말이 섞여 있었다. 엄마와 아이 사이에도 거리 두기가 절실히 필요했다. 아이에게 무언가를 끊임없이 해줄 필요는 없었다. 엄마가 할 수 있는 일은 내려놓음과 기다림뿐이었다. 그리고 시선을 아이가 아닌 내게로 돌렸다. 두 아들은 엄마의 내려놓음과 기다림 속에서 눈의 힘을 빼기 시작했다. 재잘거리며 이야기를 하고 엄마가 좋아하는 노래를 불러주기 시작했다.

장난치듯 엄마 옆에 다가와 키 재기를 하고, 가볍게 어깨에 손을 두르며 씽긋 웃는 아이를 본다. '언제 이렇게 컸을까?' 시간을 꼭 붙잡아 두고 싶다. 탄성 좋은 커다란 그물을 쳐 놓고 아이가 마음껏 헤엄칠 수 있도록, 커다랗게 몸과 마음을 키워가도록 엄마는 오늘도 아이를 멀리서 바라본다.

4

사회인으로서의 이름

우연히 찾아온 기회를 통해 가슴 설레게 좋아하는 것을 찾았다. 좋아하는 일을 하며 살 수 있는 건 그 자체로도 활력소가 된다. 보드미쌤(보드 하는 미쌤)으로 환승한 생활이 좋다.

학교 졸업 후 딱 1년 유치원 선생님으로 근무했다. 원해서 했던 일은 아니었다. 1년만 현직에서 경험해 보라는 교수님의 설득에 못 이겨 간 것이다. 아이들은 예뻤지만, 유치원이라는 정해진 틀이 내겐 맞지 않았다. 그 후로는 직장에 정식으로 몸담은 적이 없다. 유치원을 그만둔 후 집에서 초등학교 아이들 공부를 가르치며 일주일에 3일만 빠듯하게 일했다. 틀에 얽매이지 않는 자유로운 일이 잘 맞았지만, 큰아이 낳기

한 달 전까지만 할 수 있었다. 이 일을 끝으로 전업주부가 되었다.

작은아이가 네 살이 되어 어린이집에 가게 되었을 때 시간적인 여유가 생겨 어린이집 오전반 선생님을 잠시 했었다. 짧은 시간 했던 일이었지만 이 또한 나름 스트레스가 되었는지 집에 가서 아이들에게 까칠하게 대하고 있는 나를 보았다. '이건 아닌데, 아이들이 무슨 죄람!' 엄마의 짜증을 아무런 이유도 모르는 채 받아내야 했던 아이들에게 미안한 마음이 들었다. 이 일을 오래 하지 못했던 결정적인 이유였다.

매일 찾아가던 도서관에서 보드게임 지도사 과정 수업이 있다는 소식을 접했다. '자격증 안 따도 되는데….'라는 생각에 여러 차례 고민하다 수업을 듣게 되었다. 이를 계기로 다시 사회로 나가는 길이 열렸다. 수업 들을 당시에는 게임 플레이 자체가 재미있었다. 시간이 지날수록 함께하는 분들과의 소통 또한 재밌어졌다. 매주가 기다려졌다. 그렇게 1급 자격증까지 취득하고 심화 과정까지 하며 보드게임에 푹 빠졌다. 카페에 가서 널찍한 테이블을 볼 때, 네 명씩 무리 지어 가는 아이들을 볼 때면 보드게임 생각이 났다. 심지어 하늘에 떠 있는 양 모양 구름을 보면 양을 테마로 한 보드게임이 생각나기도 했다. 일상의 모든 사물들에서 보드게임을 떠올렸다.

머릿속이 온통 게임으로 꽉 차 있던 시기였다.

재능 기부 의뢰가 들어와서 마음 맞는 선생님들과 함께 첫 수업을 시작했다. 눈을 반짝이며 선생님 말씀에 귀 기울이는 아이들, 까르르 웃으며 게임을 즐기는 아이들을 보는 게 좋았다. 아이들의 웃음소리와 긍정 반응으로부터 에너지를 받았다. 보드게임과 아이들과의 추억도 차곡차곡 쌓여가고 에너지도 충전되었다.

보드게임을 많은 사람이 알고 함께 할 수 있기를 바랐다. 특히 가정에서 소통의 도구로 삼을 수 있으면 더없이 좋겠다는 생각이 들었다. 도서관에서 엄마표 취미반 수업을 하고, 집에서 브런치 보드 특강도 진행했다. 보드게임을 좋아하거나 아이들과 함께하는 놀이를 배우고 싶어 하는 어머님이 참여하셨다. 어머님들을 보니 처음 보드게임 배웠던 때가 생각났다. 배우는 게임이 재미있어서 하나씩 둘씩 사 모으던 때가.

보드게임이라는 도구를 통해 다양한 사람과 만나 소통하는 것이 즐겁다. 첫 만남은 늘 두근두근 설렌다. 인연이 맺어진 후에는 다음 만날 날이 기다려진다. 자유로움 속에서 좋아하는 일을 하며 지낼 수 있어 오늘도 에너자이저가 된다.

5

'나'라는 사람

한 번뿐인 인생! 마흔이 넘어서야 좌충우돌 나를 찾기 위한 여행을 시작했다.

내향적이고 조용한 아이였다. 부들부들 떨리는 작은 목소리로 간신히 말을 내뱉었다. 까만 피부 탓에 놀림도 받았다. 키 크고 인형처럼 예쁜 동생과 비교도 많이 당해 자신감도 없었다. 크게 말썽을 부린 적도 없고 부모님 말씀 잘 듣는 키우기 쉬운 아이. 그게 바로 나였다. 어린 시절의 모습이 과연 진정한 나였을까?

강점 코칭 수업을 들을 기회가 있었다. 미 갤럽의 강점 진단 결과 '절친', '존재감', '집중', '사교성', '화합'이 5대 강점이었다. 세상에 하나밖에 없는 유일무이한 진단지가 나를 설명해주었다. 사람들과의 친밀한 관계를 통해 에너지를 얻고 무슨 일에서든 집중을 통해 성과를 내고자 한다. 스스로 확고한 목표를 설정하고 관심 있는 분야에 열정적인 노력을 기울이는 데 문제가 없다. 충돌이 일어나는 상황을 싫어하는 특성이 그대로 드러났다. 집에만 있으면 왜 물먹은 솜처럼 축 처지는지, 대화가 부족하면 왜 잠자리에 들기 전까지 남편에게 쉴 새 없이 재잘대는지, 목표한 게 있으면 왜 아무것도 눈에 들어오지 않고 목표 지점만 보는지 알게 되었다. 있는 그대로의 나를 인정하는 데 도움을 주는 경험이었다.

아이들과 50일간의 글쓰기 프로젝트를 진행했었다. 아이들과 함께 글을 쓸 수 있어 추억이 될 거라는 생각에 시작했다. 프로젝트 완주라는 목표가 있었기에 떠오르는 대로 거침없이 종이를 채워 나갔다. 그런데 자기 관찰 관련 글을 쓸 때는 좀처럼 진도가 나가지 않았다. 나에 대해 생각했던 적이 없었기 때문이었다. 좋아하는 것과 싫어하는 것조차 쉽게 떠오르지 않아 깜박이는 커서만 하염없이 바라보기도 했다. 원하는 나의 모습과 미래에 어떤 일을 하며 어디서 살고 있을지 구체적으로 상상하며 글을 쓰니 목표를 명확하게 하는 데 도움이 되었다. 상상만으로도 신났다. 글쓰기를 통해 과거, 현재, 미래의 나와 만나는 특별한 시간이었다.

내 삶의 주인공은 나다. 엄마이고, 아내이고, 딸이기 전에 내가 있다. 그 누구도 내 삶을 대신해 줄 수 없다. 나를 믿고, 가슴 뛰게 하는 일에 도전한다. 책을 내고자 했던 뜻을 이루고자 글을 쓴다. 좋아하는 책을 실컷 빌려와서 쌓아 놓고 읽는다. 관심 분야를 공부하며 맺어진 소중한 인연과 소통한다. 재미있어 시작한 일에서 그동안 몰랐던 능력을 찾기도 한다. 성과를 내니 자존감이 쑥쑥 올라간다. 오로지 나의 선택으로 시작한 일이기에 죽이 되든 밥이 되든 괜찮다.

에너지를 꽉꽉 채울 수 있는 일을 하면 가정에도 평화가 찾아온다. 사람들을 만나고 온 날, 계획을 실천해서 뿌듯함이 밀려온 날은 집의 공기마저 가볍다. 행복한 감정은 공기를 타고 가족들 마음속에도 자리를 잡는다.

나를 찾기 위한 여행 중이다. 마음의 소리에 귀 기울인다. 마음이 흐르는 대로 사는 건 타인을 위한 배려가 되어 다시 내게 돌아온다. 나를 찾는 시간에 기꺼이 마음을 준다. 또 어떤 나를 만나게 될까? 두근거리는 마음으로 오늘을 산다.

6

어느 날은 슬픔

"아이들 커서 독립하면 우리 각자만의 시간 갖자!"

"…."

기분 좋게 산책하러 나갔다 아이스크림을 사서 가게 문을 막 나오던 참이었다.

"요즘 내 비위 맞추기 힘들지?"

남편이 던진 말에 가슴이 쿵 내려앉았다. 봉지에 넣지도 못한 아이스크림 3개를 손끝으로 간신히 든 채로 그의 옆을 말없이 걸었다. 머릿속에는 그 전날 봤던 드라마가 생각나며 이혼, 졸혼, 별거라는 단어만이 마음속을 가득 채웠다.

아이들이 커서 독립하면 남편과 더 많은 시간을 보내야

겠다는 생각을 늘 품고 있었다. 그래서일까? 갑자기 들이닥친 그의 말은 내게 꽤 크게 다가왔다. 정신이 차려진 후 그에게 물었다. "그게 무슨 말인데? 각자 시간을 갖자니!"

내 생각과는 달리 그는 별로 크게 생각하지 않는 듯했다. 집에 들어와서는 무슨 일이 있었냐는 듯, 아무렇지 않았다. 평상시와 다름없는 친절하고 위트 넘치는 모습이었다. 나만 심각할 뿐. 아이스크림을 한 입 베어 물며 내게도 아이스크림을 권했다.

"나, 아이스크림 못 먹겠어. 슬퍼서…."

"바보야! 나는 다시 결혼해도 자기랑 결혼한다고 했잖아!"

고개를 떨군 채 건조가 다 된 빨래를 개면서 그렁그렁 차오른 눈물이 뚝 떨어지려는 걸 간신히 참았다. 결국에 아이스크림은 먹지 못했다.

다음 날 냉동실 문을 열었을 때, 넣어둔 그대로 자리하고 있는 아이스크림을 보니 또다시 슬픈 생각에 사로잡혔다. 정리되지 못한 복잡한 감정이 마음을 불편하게 했다. 복잡하게 생각하는 것도 심각한 상황도 좋아하지 않는 내가 마음을 쓰고 있다는 것 자체가 힘들었다. 그의 마음을 좀 더 알아봐야 할 필요가 있었다.

몇 주가 지난 후 산책길에 그에게 다시 물었다. 그는 또 그 얘기냐며 다음부터는 드라마 보지 말라고 하며 웃어버렸다. 나한테 미안해서 그랬냐고, 잔소리하는 게 미안했냐고 물었더니 바로 그거였다고 말한다. 상대방을 불편하게 했다는 것에 대한 미안함. 하지만 그답지 않게 표현이 걸러지지 않고 강하게 튀어나와 나를 당혹스럽게 만들었던 것뿐이었다.

그의 손을 살며시 잡는다. 해가 져서 캄캄하지만, 가로등 불빛에 환하게 웃는 그가 보인다. 그보다 더 활짝 웃는 내가 있다.

"내가 자기 아이스크림 먹었다." 결국에 아이스크림은 그의 차지가 되었다. 냉장고에는 그 일을 생각하게 할 물건이 사라졌지만, 아이스크림 가게에 간다면 한여름 밤의 기억이 떠오르겠지. '요맘때 그랬지.' 하면서….

7

그래도, 즐거움

하얗고 동그란 솜사탕을 닮은 민들레 홀씨를 보자 목표물을 포착한 듯 발걸음이 빨라진다. '후~' 하고 불어 볼 수도 있지만, 스마트폰을 꺼내 카메라를 켠다. 민들레 홀씨를 이루는 수많은 갓털의 보송함을 찍으려고 무릎을 굽힌 채 최대한 가까이 다가간다. 초점이 맞춰지기를 기다린다. '찰칵' 스마트폰에 민들레 홀씨가 담긴다. 사진에 자연을 담는 일이 이렇게나 즐거울 줄이야.

스마트폰 카메라로 찍는 감성 사진 강의를 들었다. 작가님이 찍은 사진은 분위기 있었고, 생동감이 느껴졌다. 사진 찍기 위한 기본적인 기술에 대해 배울 수 있었다. 살아 움직

일 것만 같은 사진을 찍고 싶었다. 사진에 감성을 담고 싶었다. 실행하고자 하는 욕구가 충만해지는 시간이었다.

산책하기 위함이 아닌 사진 찍기 위해 집을 나선다. 숲길이 조성되어 걸어서 갈 수 있는 수목원으로 목적지를 정했다. 쏟아지는 햇볕은 따스하고 지저귀는 새소리가 정겹다. 가을의 언저리, 숲으로 가는 길에 떨어진 나뭇잎이 감성을 자극한다. 초록 잎, 갈색 잎, 잿빛 잎. 어느 하나 예쁘지 않은 것이 없다. 나를 둘러싼 자연에 진심을 담고 사진을 찍기 시작한 이후, 모든 것이 특별하게 다가온다.

숲의 안쪽으로 발을 옮겨 본다. 계수나무의 달콤한 냄새에 빠져든다. 나무둥치를 기어가는 연두색 애벌레를 만났다. 그 자리에 앉아 애벌레의 움직임을 바라본다. 움직이는 애벌레의 가장 예쁜 모습을 담기 위해 기다린다.

숲에는 아무도 없다. 숲이 나를 위해 존재하는 듯한 착각이 들었다. 숲이 주는 선물을 누리기만 하면 되었다. 초록이 우거진 숲을 담는다. 구부러진 오솔길을 담는다. 사진 찍기 위해 들른 숲에서 자연의 에너지를 흠뻑 받는다. 아침 이슬을 머금은 초록 잎과 먹색의 나무 열매는 무척이나 싱그럽다. 꽃에 앉아 잠시 쉬고 있는 나비가 예쁘다. 최대한 가까이 스마트폰을 가져간다. 찰나의 시간을 찍기 위해 숨도 참아 본다.

혹시나 나비의 쉼을 방해하는 훼방꾼이 되지 않기 위해.

눈에 들어오는 꽃, 곤충, 길, 돌 모두가 나와 친구가 되어 주었다. 사진에 담는 동안 그들과 하나가 된다. 기다림을 배우고 겸손을 배운다. 그리고 감동한다. 사진을 통해 찰나의 순간을 춤추듯 즐기고 사랑하는 법을 알게 되었다.

사람들과 함께하는 것이 최고의 즐거움이라 생각했던 내게 사진 찍기는 혼자 보내는 시간도 넘치게 즐거울 수 있다는 것을 느끼게 해 주었다. 시시각각 달라지는 구름 덕분에 설렌다. 하늘이 빨갛게 물드는 시간이 오면 마법 같은 순간을 놓치지 않기 위해 스마트폰을 들고 밖으로 나간다. 차곡차곡 쌓이는 사진과 함께 감성도 쌓여간다. 내일도 모레도 사진을 찍으며 즐거워질 예정이다.

8

매일 1mm의 성장을 꿈꾸다

배움이 이토록 재미있어지는 순간이 또 있을까? 하나를 알고 나니 더 알고 싶은 마음이 생긴다. 가지를 뻗어가며 새로운 것을 알게 되는 끝없는 배움이 내게는 큰 기쁨이다.

학창 시절에는 공부하는 걸 좋아하지 않았다. 공부하는 목적이 없었기 때문이다. 지금의 우리 아이들이 그런 것처럼.

"왜 공부해야 하는데요? 이건 정말 필요하지 않은 과목인데…."

아이들의 투덜거림이 어쩌면 당연한지도 모르겠다. 학창 시절 내가 그랬던 것처럼.

지금은 공부하라고 다그치는 사람이 없다. 오히려 그만

좀 배우라는 말을 듣는다. 배움에도 때가 있다고 하는데, 내게는 그때가 마흔 즈음 되어 시작되지 않았나 싶다. 아이들이 어렸을 때는 육아서와 그림책으로, 취학 후에는 교과서로 마음과 머리의 근육을 키워갔다. 아이들 성장에 따른 공부가 전부라 생각했던 때였다.

아이들이 어느 정도 크고 나니 내게로 관심이 옮겨졌고, 내가 즐거워하는 것을 배우기 시작했다. 우연한 기회에 시작한 보드게임은 뇌를 말랑말랑하게 만드는 데 최고의 도구였다. 수 연산을 하고 도형을 이리저리 돌리고, 전략을 사용하는 등 게임 안에서 머리를 사용하는 것은 참 재미있다. 하나의 게임을 함께 하고 다양한 활용법을 연구하기도 하면서 집단 지성의 힘을 실감하기도 했다. 혼자 힘으로는 나오지 못했을 생각이 꼬리에 꼬리를 물 듯 주렁주렁 연결되어 나오는 것이 신기했다.

코로나로 온라인 모임이 활성화되면서 줌을 통해 전국 각지의 사람들과 만나는 시간이 생겼다. 한 사람과의 인연을 통해 시작된 모임이었다. 나이도 성별도 다르고, 살아온 환경도 모두 다른 사람들. 같은 책을 읽지만, 각자가 풀어내는 이야기는 모두 달랐다. 그들의 경험에 초대된 나는 생각의 폭을 넓혀 갔다. 좁은 우물 안에서 벗어나 더 큰 세상을 보게 된 것에 가슴이 두근거렸다.

배움에 열정을 가진 사람들과의 만남은 살아있는 백과사전을 가진 듯한 뿌듯함을 주었다. 하나를 배우니 또 배워야 할 것이 눈에 들어왔다. 모르는 것이 생길 때 함께 생각을 나눌 수 있는 사람이 있다는 것에 감사함을 느낀다. 그렇게 배운 것을 또 다른 누군가와 나눈다. 내 안에 잠자고 있던 지식은 날개를 달고 살아서 움직이기 시작한다. 나의 목표였던 선한 영향력의 삶. 비로소 하나씩 실천할 힘이 생긴다.

배움의 즐거움은 함께 나눌 때가 더 크다는 것을 느끼며, 오늘은 어떤 배움이 기다리고 있을지 기대해본다.

이은미

나다운 삶을
살아가는 시간

딸이라는 이름

"이번 주말에는 장모님 댁 가자. 갈 거지?"

"글쎄…?"

매주 신랑이 하는 말이었다. 나는 매주 핑계를 대고 가길 미뤘다. 엄마는 나에게 언제나 우선순위가 아니다. 아이들, 신랑, 시댁, 그다음이 엄마다. 엄마에게 하나밖에 없는 딸은 결혼을 계기로 엄마로부터 완벽한 독립을 했다. 결혼 전까지도 나는 무뚝뚝한 딸이었고 엄마 원망을 하는 딸이었다. 어린 시절부터 엄마는 항상 바쁘셨고, 엄마가 필요할 때 도움을 받을 수 없었다. 오롯이 나 혼자 해야 하는 일들이 많았다. 자연스럽게 독립심이라는 녀석이 내 안에서 큰 자리를 차지하게 되었다. 어떤 문제가 생겨도 엄마에게 쉽사리 이야기하지 않았다. 그렇게 혼자 해결하는 것이 너무도 자연스러웠다.

이십 대가 되고 내가 할 수 있는 일들이 더 많아지자 갑자기 유럽에 가고 싶은 열망이 생겨났다. 열심히 돈을 모아 항공권을 끊고 여행 준비를 했다. 혼자 가는 여행에 설레기도 하고 불안하기도 했지만, 나름 철저하게 준비를 마치고 출국 전날 엄마에게 통보했다.

"엄마…. 나 여행 좀 다녀올게…."

"응? 어딜?"

"아…. 유럽…. 이십 일 정도?"

엄마는 이 상황을 받아들이기 힘들어하셨다. 엄마는 자리를 피하셨고 밤새 잠을 이루지 못하셨다. 다음 날 새벽 여행 짐을 싸서 출근했고, 오후에 출국했다. 취업도, 유학도, 심지어 결혼도 이렇게 통보했다. 엄마 딸로 사는 것을 내려놓고 나만의 인생을 살고 싶어진 나는, 스물일곱 살에 엄마에게 독립 선언을 했다. 나는 나를 챙겨주지 않았다고 생각되는 엄마에게 그렇게 혼자만의 복수를 했다.

그렇게 소원한 관계를 유지하던 나와 엄마였는데, 아이를 낳고 기르며 엄마 생각에 한동안 한없이 눈물이 났다. 엄마는 어린 나를 위해 아빠 역할까지 다해 키워야 했다. 엄마 역할

하나도 힘이 들고 괴로워서 매일 가시밭길을 걷는 느낌인데, 우리 엄마는 가장 역할까지 해야 했으니 그 무게와 고통이 얼마나 컸을지 감히 상상도 되지 않는다.

그렇게 육아를 하며 나만의 앙금들이 천천히 녹아내리고 있을 즈음 엄마와 여행을 하게 되었다. 엄마가 편찮아지시기 전에 같이 여행 한번 가보자며, 아이와 함께 삼대 여행을 떠났다. 하지만 여행 내내 엄마는 많이 속상해했다. 우리 딸 힘들겠다고…. 엄마는 육아하는 딸이 안쓰럽고 손주 녀석이 딸을 힘들게 만드는 것 같다고 느끼셨다. 나에 대한 엄마의 애정을 가까이에서 느낄 수 있었다. 이런 방식을 원했던 건 아니었지만 그렇게나마 엄마의 마음을 삼십 대 후반이 되어서야 어렴풋이 알게 되었다. 표현은 서툴지만, 진심이 가득 담긴 엄마의 사랑을 온전히 마음으로 받았다.

우린 서로의 마음을 이제야 알아가고 있다. 엄마는 마흔이 넘은 딸을 여전히 걱정한다. 나는 엄마의 이 걱정이 참 좋다. 어린 시절 받아보지 못한 마음을 온전히 받고 싶은, 아직도 철없는 딸이다. 이번 주도 어김없이 신랑은 묻는다.

"장모님 댁 갈 거지?" 이제는 기꺼이 엄마에게 간다. 엄마의 온전한 딸이 되어 엄마가 날 위해 차려준 맛있는 밥을 먹으러 간다.

2

아내라는 이름

드라마를 좋아한다. 대부분 드라마에서는 여자와 남자가 만나 호감을 느끼고 설렌다. 그리고 연애를 시작한다. 하루가 온통 상대로 가득한 달콤한 관계로 빠져들고, 변치 않을 것 같은 사랑을 나누고 마침내 결혼한다. 나는 결혼을 하고부터 그들의 그다음이 궁금해졌다. 저 둘은 결혼해서 행복하게 살았을까?

우린 처음 친구란 이름으로 만났다. 수줍음이 많고 웃음이 예쁜 그 사람과 어렵지 않게 친구가 되었다. 그렇게 한참을 친구로 지내다 소식이 좀 뜸해질 때쯤 우리는 서울 한복판에서 재회했다. 일하는 곳이 비슷해서 일주일에 두세 번은 만나는 사이가 되었다. 시간이 흐른 후 다시 본 그 친구는 사람들을 진심으로 대하고 삶에 즐거움을 느끼는 꽤 근사한 모습이었다. 함께 있으면 내가 그 친구처럼 근사한 모습이 되는 것 같았다. 우리는 자연스럽게 연인이 되었다. 우리의 연애는 서로의 존재만으로 충분했다. 연애 내내 싸움 한 번 없던 우리는 금세 결혼을 약속했다.

하지만 결혼 후 우리는 하루도 쉬지 않고 싸우기 시작했다. 왜 싸우는지도 모른 채 몇 날 며칠 감정이 상해 있기 일쑤였다. 머리로는 이해할 수 없는 첨예한 대립이었다. 한 치의 양보도 없었다. 마치 어린 두 아이가 서로 잘났다며 싸우고 있는 꼴이었다. 결혼은 서로가 이상적으로 만들어 놓은 모습에 상대를 꾸겨 넣는다. 그리고 예상한 모습처럼 보이지 않으면 상대에게 화를 낸다. 그렇게 우리는 결혼을 통해 불편한 관계가 되어 갔다.

하고 싶은 것이 많고 자유롭게 살아온 우리가 한곳에 묶여 시간과 장소를 공유하는 것은 만만치 않았다. 결혼으로 생긴 책임감은 점점 피해 의식으로 변해 갔다. 하지만 결혼생활은 힘들다고 해서 도망갈 수 있는 것이 아니었다. 한 사람과 온 힘을 다해 적극적으로 관계를 계속 유지하려 애써야 했다. 그 시간 동안 서로의 마음에 생채기를 내기도 하고 마음의 근육도 만들어갔다. 그 시간 동안 알게 된 것은 신랑 역시 나처럼 쉽지 않은 결혼생활을 하고 있다는 것이었다. 멋진 남편, 훌륭한 사회인, 재미있는 아빠까지 그 모든 것을 기대하면 안 되는 거였다. 그것은 불가능한 모습이었다. 깨닫고 나니 우리의 관계가 가벼워졌다.

그렇게 우린 자신의 삶을 상대에게 조금씩 내어주고 있다. 상대의 모습을 인정하고 받아들이는 여정을 13년이 넘도록 계속하고 있다. 삶의 많은 부분을 서로에게 할애하며 따로 또 같이 삶을 만들어가고 있다.

"이야, 벌써 20년이네?"

"뭐가?"

"우리 만난 지!"

얼마 전 나누었던 짧은 대화에서 우리의 질풍노도 같았던 세월이 스쳐 지나갔다. 벌써 서로의 인생 절반을 함께했다. 어떤 삶이 펼쳐질지 아직은 모르지만, 아마도 우리는 서로의 모습을 있는 그대로 받아들이려 노력하며 살아갈 것이다.

3

엄마라는 이름

간절히 원했지만 쉽게 주어지지 않은 역할이 나에게는 '엄마'였다. 결국, 사회인을 포기하고 엄마의 역할을 얻었다. 그 책임은 너무나 컸지만 아무도 나에게 엄마의 무게를 알려주지 않았다. 그렇게 시작된 엄마는 나라는 사람을 송두리째 바꿔버렸다. 그 삶이 마음에 들지 않아서 나 자신도, 신랑도, 세상도… 아이마저도 원망하곤 했다.

엄마가 되어보니 똑같은 질문이 하루에도 수십 번씩 떠올랐다. '아이는 왜 낳는 거지?', '어떤 엄마가 좋은 엄마지?', '아이에게 뭘 해 줘야 하지?' 이런 질문에 단 하나의 정답이 있다고 생각했다. 그리고 나는 그런 정답 엄마가 되겠노라 다짐했다. 하지만 정작, 단 하나의 정답을 찾을 수 없었다.

또한 진심, 행복, 수용이 묻어나는 사랑의 언어를 아이에게 전해주고 싶었다. 하지만 그런 것들을 이해하고 아이에게 전해주기에 나는 턱없이 부족한 사람이었다. 그런 단어들을 제대로 받아본 적도 누군가에게 준 적도 없었기 때문이다. 그럼에도 간절하게 좋은 엄마가 되고 싶어졌다. 그런 마음이 들자 나부터 치유하고 이해해야 한다는 것을 알게 되었다. 내게 채워지지 못한 것은 아이에게도 줄 수 없었다.

아이는 내 몸을 통해 세상에 나왔을 뿐 나와는 전혀 다른 사람이었다. 아이에 관해 모르는 것투성이였다.

그 아이를 이해해 보려고 많은 검사를 했다. 그러나 아이에 대한 데이터가 모일수록 아이를 더 모르겠다는 생각뿐이었다. 내가 아이를 어려워할 때면 주변에서 항상 듣는 말이 있었다.

“그래도 엄마가 제일 잘 알지….”

“아뇨…. 저는 모르는 것 같아요….”

나는 내 아이가 너무 어려웠다.

그렇게 한참을 나와 아이에 관해 헤매고 다닐 때 아이가 뜬금없는 이야기를 들려주었다.

“엄마, 내가 하늘에서 엄마를 봤는데 엄마가 예쁘더라

고…. 그래서 내가 엄마 아들로 온 거야!" 아이의 인생은 오롯이 나의 책임이라고 생각했지만, 아이의 이야기에 나는 깨달았다. 내가 다 해야 하고 내가 다 할 수 있다고 생각한 것은 오만이었다. 부모 관계는 일방적이고 예상이 가능한 관계가 결코 아니었다.

아이는 내 몸에서 심장이 뛰기 시작하면서부터 자신의 삶을 시작한 것이다. 나는 그저 나의 한편을 아이에게 내어주고 우리는 서로의 삶을 함께하는 존재가 되어준 것일 뿐이다. 나는 아이의 온 세상이 되고 싶지는 않다. 아이가 만들어가는 삶에서 넘어지거나 좀 숨이 찰 때, 와서 쉬고 위로받고 싶은 그런 존재가 되고 싶다. 아이가 나에게 더는 숙제나 이벤트가 아니다. 내 삶으로 자연스럽게 받아들이고 싶다. 그렇게 엄마라는 이름이 내 삶에 스며들고 있다. 엄마라는 역할이 꼭 맞는 사람은 아닐 수 있지만 그럼에도 나는, 노력하며 보통의 엄마가 되어가고 있다.

4 사회인으로서의 이름

'얼른 어른이 되면 좋겠다….'

언제부터 이런 생각이 들었는지는 모르겠다. 얼른 크고 싶었고 어른이 되는 건 신나는 일이라고 생각했다. 하고 싶은 것도 하고, 돈도 많이 벌고, 인정도 받고, 원하기만 하면 빛나는 별이 될 것 같았다. 공부로만 줄 세워지는 것보다 잘하는 것을 찾아 그걸로 인정받고 싶었다. 그리고 하고 싶은 건 무엇이든 할 수 있을 것 같았다.

어느 순간 사회인이 되어 있었다. 참 잘 적응했다. 누군가 공부 말고 나의 책임감, 습득력을 칭찬했고, 칭찬을 돈으로 인정받는 것은 꿀 같은 경험이었다. 그동안은 몰랐지만,

사회생활을 하며 나는 칭찬하면 더 잘하는 사람이라는 것도 알게 되었다. 내가 미처 알지 못했던 나를 알게 해주는 시간이었다. 운 좋게도 어느 정도 노력만 하면 어렵지 않게 취업할 수 있었다.

나에게 직업은 언제나 '열정'이었다. 한국이 싫었고 여행이 좋아서 승무원이 되고 싶었지만, 내 의지대로 되지 않았다. 차선책으로 선택한 건 스타벅스였다. '서비스라도 배워 보자.' 싶은 아주 단순한 마음에서 시작한 일이었다. 하지만 일을 시작하자 더 잘하고 더 많이 알고 싶어서 매일매일 매장에서 살며 배우고 공부했다. 열정의 보상은 생각보다 빨리 왔고 금세 점장이 되었다. 하지만 딱 거기까지만이었다.

내 열정을 담을 다음 목표가 필요했다. 무엇을 좋아하는지, 무엇이 하고 싶은지 자신에게 묻고 답하며 찾은 다음 직업은 의류 디자이너였다. 새로운 직업을 위해 유학이 가고 싶었고, 다행히 스타벅스에서 추천서를 써주면 영국 유학 시 스타벅스 매장에서 근무도 가능했다. 디자이너를 선택한 것은 빛나는 재능을 세상에 내놓고 싶다는 마음, 그렇게 세상에 나를 드러내고, 더 인정받고 싶다는 마음 때문이었다. 그렇게 나의 길이라고 믿었던 그 길을 잘 가고 있다고 생각했지만 애석하게도 나는 그렇게 그 분야에서 특별한 능력의 소유자가 아니었다. 그렇게 스스로에 대해 깨닫고 있을 즈음 선택이라는 순간이 찾아왔다.

아이와 일 중 무언가를 선택해야 하는 상황이 되었다. 디자이너 일은 생각보다 바쁘고 스트레스도 심했다. 아이를 도피처 삼아, 일을 그만두었다. 아이를 낳고 마음만 회복되면 언제든 사회로 돌아살 수 있을 것으로 생각했다. 하지만 다시 돌아가는 일은 점점 멀어졌고 사회에 속하지 못한다는 불안감이 더해지자 육아 안에서 심하게 허덕였다. 아이를 선택했지만, 힘이 들었고 무엇보다 일하고 싶었다. 한참을 고민하다 육아와 일의 균형을 맞추는 일을 찾았고 시간제 영어 강사 일을 시작했다. 내 아이를 돌보며 사회생활을 해나갈 수 있는 직업이라고 생각했다. 여느 때처럼 일에 열성적이었다.

더불어 이제는 내 본질의 직업도 받아들인다. 엄마라는 직업이다! 결코, 사회인의 정의에 맞지 않는 것 같지만, 그것은 내 관념일 뿐 엄마는 분명 사회의 구성원으로 아이를 키우는 것으로 사회 안에서 생활하고 있다. 이 직업들로 예전처럼 자신을 태우며 가장 환하게 빛나는 별이 되는 건 힘들지 모르겠다. 하지만 이제는 다른 별을 꿈꿔 본다. 항상 자신의 자리에서 환하진 않지만 은은하게 빛나는 행성 같은 별이 되고자 한다.

5

'나'라는 사람

INTJ형, 자극 추구 기질, 에니어그램 3번, 3.5파일 제너레이터, DS형, B형.

나를 규정하고 나를 알아보겠다며 찾아낸 내 이름이다. 아무리 들여다보고 다시 읽어도 이게 나인가? 싶다. 내 아이가 어떤 아이인지 알고 싶어서 시작한 여정은 나에 대한 관찰로 이어졌다. 나에 관한 많은 검사를 해 봤지만, 여전히 나를 규정지을 수 없었다. 아이를 키우며 내가 알 수 없는 내 안의 내가 튀어나오며 나를 혼란스럽게 만들었다. 내 안에 이렇게 내가 많다고? 나도 내가 누군지 모르겠다. 나 왜 이러니? 하는 혼란이 나를 규정하고 싶다는 마음으로 이어졌다. 쉬지 않고 검사하고, 공부하고, 생각했지만 뭐 하나 속 시원하게 나를 설명해줄 수 있는 건 없었다.

나를 알기 위해 그토록 노력했으나 결국 여전히 나를 모른다는 결론에 다다른다. 언제쯤 나는 나를 알고, 이해하고, 공감해 줄 수 있을까? 나를 그 자체로 사랑해 줄 수 있을까?

나를 알고 나를 사랑해야 내 아이를 사랑하고 믿을 수 있다고 한다. 이 말이 사무치게 깊이 파고들어 내 안에 큰 자리를 차지하고 있는데, 여전히 나를 모른다면 무엇인가 잘못된 것 같다. 알지 못하는 것을 사랑할 수 없다. 나에 대해 잘 알지 못하면 나를 사랑하기란 불가능한 일이 돼버릴지 모른다. 그런 답답함과 절망감이 찾아왔을 때 내가 잊고 있던 방법이 생각났다. 나에게 나는 어떤 사람인지 물어보는 것이다.

어떤 걸 좋아하나요?
어떤 삶을 원하나요?
삶의 중요한 가치는 무엇인가요?
삶의 마지막에 무엇을 남기고 싶은가요?

이러한 근본적인 질문들로 하루하루 질문하고 나를 찾아가고 있다. 다시 생각해 보면 나는 그렇게 규정지어질 수 있는 사람이 아니었다. 그런데도 계속 틀 안에 넣으려 했다. 남들로 나를 이해하려 했다. 정작 제일 중요한 나에게는 묻지 않았다. 답을 얻을 대상이 틀렸다. 나에 대한 것은 나에게 물어야 했다. 그 쉬운 진리를 이제야 깨달았지만, 이제라도 깨달아 다행이라 생각한다. 비록 돌아온 것 같지만 모든 일이 허사는 아니었구나 싶다. 돌고 돌아 이 자리에 돌아온 나는 내가 어떤 사람인지 나에게 묻는다.

6

어느 날은 슬픔

주부의 삶은 꽤 자주 슬프다. 한 번도 가정주부를 꿈꾼 적은 없었다. 내가 가정주부가 될 것이라고 상상해 본 적이 없다. 그런 주부의 삶이 어떤 것인지 관심조차 없었다.

주부라는 말은 나에게 고릿적 전유물 같은 느낌이 든다. 집에서 집안일을 하고, 남편을 챙기고, 아이를 챙기며 본인의 삶은 가꾸지 않는, 나보다 가족이 먼저인 전형적인 주부의 모습이 떠오르기 때문이다. 나는 가족도 중요하지만, 세상 돌아가는 것에 관심이 많다. 새로운 것에 호기심을 가지면서 충분히 지금 세상에 합류하고 있는데 나의 타이틀만은 나를 한참 뒤처진 존재로 만들어 버린 것 같았다.

주부 이전에 나는 옷을 만드는 디자이너로 일하며, 매 시즌 새로운 옷을 디자인하고 만들고 한시도 쉬지 못하고 쫄리는 생활을 했다. 힘은 들었지만 분명한 소속과 정체성이 있었다. 한순간도 어딘가에 소속되지 않고 살아본 적이 없었다. 직함 없이 살아본 적이 없었다. 학생, 바리스타, 디자이너, 강사라고 나를 소개했었다. 심지어 아르바이트생이라는 타이틀이라도 있었는데, 지금은 나를 소개할 만한 적당한 말이 없어져 버렸다. 마치 내 이름을 잃어버린 것 같았다. 이렇게 어딘가에 소속되지 못한 개인의 삶이 때때로 슬펴졌다. 세상의 흐름에서 이탈한 존재로 여겨졌다.

하지만 이런 슬픔에 반전을 만들 방법은 오직 나에게 달려 있다는 것을 새삼 깨닫는다. 나는 나의 '주부'라는 명칭을 새롭게 정의한다. 말에 붙이는 '의미'는 꽤 힘이 세다. 주도적인 마음 부자 '주부'다. 주부는 수동적이라는 생각의 틀을 깨고 주도적으로 하루하루 삶을 살며 기쁨을 수집하는 마음 부자 그것이 주부다.

나 개인의 슬픔 회복뿐 아니라 이왕이면 이런 개인의 작은 의식의 변화가 쌓여 내 아이가 엄마가 되어, 주부라는 정체성을 갖게 되었을 때 부디 기꺼이 받아들일 수 있기를 바라본다.

7

그래도, 즐거움

매일 새로운 날을 살고 있다. 매일 반복되는 듯한 생각이 들어 서럽다고 하기도 했지만 한 번도 같은 날은 없었다.

어제는 큰아이가 친구에게 받은 편지를 읽어 주었다. 서로 다투었던 것을 사과하고 더 좋은 친구가 되자고 하는 친구의 편지였다. 큰아이는 벌써 답장을 썼다며 어깨에 힘을 가득 실어 이야기했다. 큰아이도 사과하고 더 좋은 친구가 되겠다고 했다고 한다. 아이가 친구들과의 관계를 어려워하는 게 속상했던 엄마는 그 눈부신 성장에 즐거웠다.

오늘은 두 아이가 신나는 음악에 맞춰 연신 서로를 보고 몸을 흔드는 모습에 나도 어깨를 들썩이며 아이들과 춤을 추며 즐거웠다. 지금은 아이들이 모두 잠든 시간, 그림 그릴 도구를 꺼내 들었다. 그동안 미뤄두었지만, 다시 나를 표현하는 그림을 그리고 싶었는데 용기를 내서 그 즐거움을 만끽하고 있다. 새벽 서너 시까지 작업하며 온전히 몰입하는 즐거움은 누가 시킨 것이 아닌 온전히 나의 몰입이 불러온 즐거움이다. 아마 내일은 내가 생각하지 못한 즐거울 일이 나를 기다리고 있을 것이다.

사람들은 '끌어당김'의 법칙이란 성공 법칙을 이야기한다. 비단 경제적 성공의 법칙에만 적용되는 것은 아닐 것이다. 내가 나의 삶에 행복과 즐거움을 끌어당기겠다고 결심만 하면 된다. 다만 다른 것이 있다면 성공은 아직 진행 중이지만 행복과 즐거움은 우리의 바뀐 태도로 이미 있는 것을 찾기만 하면 그뿐이라는 것이다. 처음부터 이것을 알았으면 좋았겠지만, 너무 긴 시간 이러한 것을 몰랐고 어딘가 있을 즐거움을 찾아다녔다.

사람들이 말하는 성공에 다가가기 위해 그저 달리던 그 시절에는 몰랐고, 세상을 내 위주로 살던 그때에는 미처 깨닫지 못한 것을 주부가 되고 마흔이 되고 엄마가 되며 하나하나 느끼고 있다. 지천으로 널려있는 행복과 그 안의 즐거움, 나만 몰랐을 뿐 언제나 내 곁에 있던 그것들이 새삼스럽게 나를 간질거리고 즐겁게 웃음 짓게 하는 그런 날이 왔다.

8

매일 1mm의 성장을 꿈꾸다

신랑은 나를 항상 세상 모든 걸 다 아는 사람이라고 치켜세운다. 세상 모든 것에 관심이 많다. 다만 깊이는 없다. 결국, 척에서 끝나버린다. 그런 척은 항상 잘 통하는 편이다. 어떤 주제도 어렵지 않게 이야기를 해나갈 수 있고, 그 시간 동안은 내가 꽤 잘난 사람이라는 착각까지 든다. 그러다 조금 더 관심을 기울이면 전력을 다하게 되고 어느새 꽤 많은 것을 파악하고 알게 된다.

육아도 그렇게 시작했다. 책으로 찾아보고 강의를 쫓아다니며 공부하고 또 공부했다. 육아서를 적어도 100권 이상은 읽었다. 심지어 부모교육 자격증도 따고, 여러 워크숍도 수료

했다. 그곳에서 알아낸 것을 아이에게 시도하고 적용해 보았지만, 책과 강의에 나오는 아이는 우리 집 아이와는 다른 아이였다. 내가 원하는 결과로 이어지는 일은 거의 일어나지 않았다. 그럴수록 배우는 것에 집중했다. 더 유명한 사람을 찾았고 그들의 말대로 해 보았지만 모두 정답은 아니었다. 내 머리는 점점 지식으로 가득해졌다. 공교롭게도 그 지식은 머릿속에서 숙성되지 못하고 설익은 채로 계속 삶에서 충돌했다. 이것도 맞는 것 같고, 저것도 맞는 것 같은 상황이 반복적으로 나타났고, 결국 이리저리 휘둘리는 엄마가 되어버렸다.

"나는 어떤 엄마 같으세요? 어떤 엄마가 되고 싶으세요?"

얼마 전 부모교육 중 받은 질문이다.

"마음으로 사랑하는 엄마요!"

결국, 내가 원하는 엄마는 머리가 아닌 가슴으로 아이를 키우는 엄마였다. 머리에 가득 지식을 넣고 이렇게 해 보고 저렇게 해 보는 것이 아닌 마음 가득 아이를 담아내고 키워 내고 싶었다는 것을 깨닫는 순간 나의 책장에서 육아서들은 비워졌다. 방법론은 이미 머릿속에 가득하다. 필요한 지식은 머릿속에서 꺼내 쓰기로 마음먹어본다. 나를 믿으며, 오직 아이와 나의 호흡에 맞춘 우리만의 육아서를 만들어 보려고 한다.

나에게 알지 못한다는 것, 배우지 않는다는 것은 보이지

않는 안개 속을 걷는 것처럼 두려움이 앞서는 일이다. 하지만 머릿속에 더 넣는 것은 무의미하다는 것을 인정할 순간이 온 것이다.

이제는 머리는 쉬고 마음을 쓰고, 몸을 움직이려고 한다. 이미 너무 오랫동안 머리로 살아온 나에게 쉽지 않은 일이지만 나의 의도를 다 해 머리를 쉬게 한다.

이한나

내 마음을 돌보는 시간

딸이라는 이름

아버지 하면 떠오르는 것이 있다. 그것은 바로 초콜릿. 엔도르핀을 솟게 하는 달콤하고 쌉싸름한 초콜릿이 아닌 눈물의 초콜릿.

1997년 IMF 칼바람을 우리 집도 피해 갈 수는 없었다. IMF 직전에 잦은 부모님의 다툼을 밤마다 지켜봐야 했고, 그때마다 유독 아빠가 많이 원망스러웠다. 술과 담배를 달고 사시던 아빠의 모습을 지켜보며 '왜 엄마를 이렇게 힘들게 하지?'라는 생각을 떨쳐버릴 수 없었다. 매일 아빠가 퇴근하고 오시면 '오늘은 다투시지 않고 무사히 넘어갈 수 있을까?' 하는 생각으로 불안했고, 다툼이 반복되던 날은 '왜 우리 집만

이래?'라는 생각으로 눈물 젖은 일기를 써 내려갔다.

그즈음 돈의 중요성에 대해 어렴풋이 알게 되었고, 열한 살이 되자 가정의 경제적 상황이 심상치 않음을 더욱 느꼈다. 당시 아빠는 높아진 가게 월세를 감당하기 어려워지자 새로운 일을 찾아야만 했다. 그리고 열두 살이 되던 봄, 아빠는 가족의 생계라는 크나큰 짐을 짊어지시고 남쪽 끝 바닷가의 한 공장으로 가셨다. 아빠를 원망하던 날들이 많았던 딸이었고, 아빠와의 사이도 그다지 좋지 않았던 딸이었지만 아빠가 떠난다는 소식은 뭔가 새로운 감정을 불러일으키는 계기가 되었다.

아빠가 떠나시기 전날, 집에는 아빠와 나 이렇게 둘만 있었고 유독 무언가를 사주고 싶어 하셨다. 당장 집에 돈이 부족함을 알고 있었지만, 이번엔 괜찮다고 넘기면 안 될 것 같았다. 그리고 아빠와 단둘이 슈퍼에 갔다. 고민 끝에 고른 것은, 바로 500원짜리 초콜릿 한 개와 300원짜리 신상 초콜릿 한 개. 어린 마음에도 경제적 위기 상황임을 눈치챘던 탓인지 이 초콜릿은 결국 아빠가 떠나시고 나서야 먹게 되었는데, 며칠 동안 아끼고 아껴서 혼자 몰래 먹었다. 펑펑 쏟은 눈물과 함께.

그 이후로 아빠가 가족에게 무신경하고 매일 술만 마시고 화만 내시는 아빠가 아니라 진정으로 가족을 사랑하고 아끼는, 책임감이 가득한 가장임을 알게 되었다. 그런데도 어쩌다 아빠가 오시면 철없이 굴었다. 얼마 지나지 않아 새로운 일을 그만두고 다시 집으로 돌아오신 아빠가 어찌나 반갑던지…. 이래서 사람은 떨어져 지내봐야 소중함을 알게 된다고 하나 보다. 특히 엄마가 되어 가정을 꾸리고 살아보니 부모님이 오랜 시간 동안 자주 다투신 것도, 가게를 접기 전부터 엄마의 얼굴에 그늘이 드리워진 것도 그냥 일어난 일이 아님을 알게 되었다. 감사하게도, 가정에 경제적인 위기가 닥치자 부모님은 다툼 대신 화합을 선택하셨다. 조금씩 그리고 천천히 우리 가정에 평화와 안도가 찾아왔던 일도 엄마가 되니 좀 더 이해할 수 있었다.

오히려 그때 아빠가 얼마 버티지 못하고 돌아오신 게 다행이라는 생각이 든다. 혼자서 많은 것들을 감당하시기보다 가족이란 울타리 안에서 함께 위기를 극복해나가셨던 모습은 어린 나에게 안도감을 주기에 충분했다. 만약 우리 가정에도 위기가 찾아온다면 틀림없이 나는 아빠와 같은 선택을 할 것이다.

2

아내라는 이름

소울메이트soulmate[명사] 영혼[마음]이 통하는 사람[친구]

소울메이트는 정말 존재한다고 생각하는가? 나에게 소울메이트는 평생의 동반자인 남자가 되어야 한다고 생각했다. '배우자가 아닌 다른 사람은 될 수 없다.'라는 말은 적어도 나에겐 의심할 여지가 없었다.

그런 마음을 가지고 결혼생활을 시작했지만 현실은 너무나도 처참했다. '배우자가 소울메이트가 될 수 있다고? 개나 줘버려.'라는 생각이 수백 번은 들었으니까 말이다.

남자는 술을 좋아했고, 여자는 술을 마시지 않았다. 남자는 친구들을 만나러 다녔고, 여자는 '아이'라는 혹이 있었기 때문에 만나러 다니지 않았다. 남자는 끊임없이 자기 계발을 했고, 여자는 끊임없이 육아에만 전념했기에 자기 계발할 시간이 없었다. 남자는 열심히 일했고 자유시간을 누렸지만, 여자는 거의 자유시간을 갖지 못했다. 남자는 먹기 위해 살았고, 여자는 살기 위해 먹었다. 남자는 육아와 살림을 잘하는 여자를 원했지만, 여자는 살림에는 관심도 재능도 없었다.

여자와 남자가 이렇게나 다른 모습으로 살았으니 시한폭탄 같은 상황들이 없었다면 그게 더 이상했겠다. 어린 나이에 결혼하자마자 이어진 임신과 육아의 시간은 여자를 굉장히 힘들고 우울하게 만들었다. 끝이 보이지 않는 육아와 살림 속에서 여자는 엄마가 아닌 인간으로서 할 수 있는 일이 하나도 없는 것만 같았다. 아내로서의 행복은 딴 세상 이야기였다.

시간이 지날수록 아이라는 연결고리가 시한폭탄의 불씨가 되기도 했지만, 위기를 맞이했을 땐 소화기가 되어 언제 그랬냐는 듯 서로를 이해하려고 애쓰는 모습은 우습기까지 했다. 이런 경험을 한 번, 두 번 겪게 되자 '우리가 진짜 소울메이트가 될 수 있을까?'라는 의심이 조금씩 사그라지고 있었다. 여유가 없을 땐 보이지 않던 남자의 책임감 강한 가장으로서 열심히 사는 모습이 보이기 시작한 것이다.

이제 우리 부부는 피 터지도록 싸우진 않는다. 서운한 마음이 있다거나 화가 나는 일이 있을 때 무작정 큰 소리를 내기보다는 그 순간을 조용히 넘어갈 수 있는 유연함이 생겼다. 이건 아마도 '아내로' 살면서 내가 알게 된 것이고 앞으로도 같이 사는 한 계속해서 알아가게 될 것이다. 그렇게 우리 부부는 의도하지 않았지만 자연스럽게 내가 바라던 '소울메이트'로 한 걸음 한 걸음 나아가고 있다. 앞으로 함께할 날이 더 많으니 다양한 많은 일을 겪으며 어느 순간 진정한 소울메이트가 되어 있을 날을 기대해봐도 좋지 않을까?

3

엄마라는 이름

엄마~

엄마!

엄마…

엄~~마~~!

엄마?

똑같이 부르는 이름 '엄마'이지만 부르는 톤에 따라 다른 의미가 담겨있다. 이것은 마치 경상도 사투리로 '가가 가가?'(그 애가 그 애니?), '가가 가가가?'(그 아이 성이 가 씨니?), '가가가 가가'(가 씨가 가서), '가가 가가가'(그 애가 가져간 다음에), '가! 가가, 가가!'

(가라! 가서, 가져가렴!)처럼 매우 많은 뜻을 담고 있다.

정확히 큰아이가 첫 번째 반항기의 고점을 찍었던 21개월. 세상에서 '엄마' 소리가 가장 무서웠다. 이제 막 말을 배우기 시작하는 귀엽고 사랑스러워 미쳐버리겠는 고작 3살짜리 아가가 하는 말이 뭐가 그렇게 무서웠는지는 엄마라면 누구나 공감할 것이다. 그 당시 아이 아빠는 아이가 태어나고 벌써 3번째 한 달간의 장기 출장 중이었다.

아빠가 출장을 떠나기 직전 고열 감기로 난생처음 입원해야 했던 아이는 병이 낫고 나니 어김없이 고집과 떼가 늘었다. 평소에도 엄마 껌딱지라서 엄마가 아이를 재운 후 아빠가 옆에서 아이를 봐줘야만 겨우 후다닥 씻을 수 있었기에 아빠가 없는 엄마의 한 달은 피폐해져만 갔다. 타의로 인해 기본적인 욕구가 해결되지 않는 생활은 정말 끔찍했다.

여자아이는 말이 빠르다고 누가 그랬는가. 큰아이는 29개월까지 '엄마, 물, 고기' 고작 세 단어로만 의사소통을 했다. '엄마' 소리만 내도 엄마는 아이의 요구를 다 알아듣고 이해할 수 있었기에 아이에게는 '엄마'라는 한 단어면 충분했다. 아이가 낮잠도 자지 않고 깨어있는 14시간 동안 아이가 엄마를 부르며 울면 엄마도 아이를 안고 엉엉 울었다. 아이가 엄마를 부르며 달려오면 아이를 밀쳐내고 엉엉 울기도 했다. 아이가 잠들고 나면 죄책감이 더해진 우울감에 사로잡혀 조용히 숨죽여 끅끅거리며 울기도 했다. 낮잠도 안 자는 아이가 체력은 어찌나 좋은지 쉽게 잠에 못 들어서 재우는 데만 2시간이 넘게 걸리는 날은 아이가 잠든 후에도 한참 눈을 뜨고 아이 옆에 조용히 누워있었다. 다음 날 눈을 떴을 때 또다시 반복되는 아침이 공포 그 자체였기 때문이다.

29개월이 지나고 말이 트이자 아이는 무섭도록 말을 해댔고 그동안 생각했던 것들을 말로 표현하는데 너무나도 미안했다. 왜 아이가 부르는 '엄마' 소리를 공포로만 받아들였는지. 아이에게는 그저 '엄마'가 단순히 명사가 아닌 세상 전부이자 도전이었을 뿐인데 말이다.

아이러니하게도 그 힘든 시기에 했던 나쁜 생각들을 실행하지 않았던 것 또한 바로 '엄마'라는 말 덕분이기도 하다. 힘들어서 아이에게 쏟아냈던 온갖 부정적인 감정들을 증오가 아닌 무한한 사랑 그 자체로 되돌려 준 '엄마'라는 말. 공짜로 조건 없이 받은 '엄마'라는 말이 바로 내 삶의 이유이다. 오늘은 아이에게 꼭 사랑을 듬뿍 담아 이름을 불러줘야겠다.

4

사회인으로서의 이름

아침마다 아이 등교시키는 길에 한 번씩 마주치는 이웃집 아기 엄마가 있다. 세련된 정장, 높은 하이힐, 화려한 액세서리, 한껏 신경 쓴 화장, 진하게 퍼지는 향수 향. 마주칠 때마다 웃으며 인사는 하지만 질투인지 모를 이질감에 가까이하기 조금은 어렵다. 전업주부로 살아가는 게 고단하기는 해도 '나는 정말 중요한 일을 잘하고 있고, 이것은 곧 인류를 위한 일이야!'라며 자부심을 가졌는데도 내심 부러웠나 보다.

26살에 결혼하고 그해에 바로 첫아이를 낳았다. 나에게 사회인으로서의 경험은 총 2년뿐. 그것도 아주 다른 일이었기에 실제로 나의 경력은 1년과 또 다른 1년으로 경단녀라 부르기에도 애매했다. 그런 상황에 꼬박 9년을 전업주부로 살아왔으니 자신감이 많이 떨어진 상태임을 부정할 수가 없었다. 중간에 스스로 성취감을 느끼고자 노력한 일들이 있었지만, 성취감은 생각만큼 쉽게 얻어지는 것이 아니었다.

그러나 나는 돈에 약한 사람이라는 것을 깨닫게 되자 얼마가 됐든 일단 돈을 벌어보자는 생각이 들었다. '그런데 나 같은 경단녀가 무슨 일을 하지?', '집에서 애들을 돌보면서 무슨 돈을 벌 수 있나?' 고민하다가 블로그에서 광고 수익을 올려보기로 했다. 1년을 열심히 1일 1포스팅을 목표로 꾸준히 쓰다 보니 특별한 내용이 아님에도 방문자 수가 늘어나고 이웃들이 생기기 시작했다. 그러면서 뭔가 세상과 소통하는 느낌이 들고 하루하루의 생활에 조금이나마 활기가 생겼다. 1년 동안 광고에 목적을 두지 않고 그냥 꾸준히 포스팅해서 얻은 나의 광고 수익은 고작 5만 원 정도. 정말 적은 금액이었지만, 그 돈이 통장에 입금되었던 날만큼은 나도 모르게 입꼬리가 씰룩거릴 정도로 기분이 좋았다.

그 후에는 코로나로 아이들이 등교도 제대로 못 하는 상황이었지만 '어떻게든 되겠지.'라는 생각으로 일을 찾았고, 정말 운 좋게 결혼 전에 했던 일을 6개월 정도 할 수 있는 기회가 생겼다. 일은 정말 어렵고 힘들었기에 근무시간 동안 화장실 한 번 못 가는 날도 있었다. 아이들은 어떻게 한 학기를 보냈는지도 모를 정도로 신경 써주지 못했고, 밤에는 애들을 재우고 업무를 이어나가는 날이 많았지만 뿌듯함은 말로 다 할 수 없었다. 첫 월급을 받고는 양가 부모님들께 약간의 용돈을 보내드리니 굉장히 좋아하셨다. 같이 사는 남자와 아이들은 비싸서 몇 번 가지 못했던 식당에서 배가 터지도록 먹이고 멋지게 내 카드를 긁었던 순간은 잊을 수가 없다. 드디어 나도 우리 가족을 위해 뭔가를 했다는 생각에 첫 달 월급이 금세 사라졌음에도 불구하고 정말 뿌듯했고 땅속에 묻혀있던 자존감이 드디어 빛을 보는 것만 같았다.

일을 시작한 지 일주일도 안 되었던 어느 날 밤에는 같이 사는 남자에게 "일이 정말 빡센데 너무너무 재밌어. 나 계속 일하고 싶어!"라고 말할 정도로 신나는 일상이 시작되었다. 집에서는 느끼기 어려웠던 성취감이 돈과 함께 업무 결과로 나타나게 되니 이 일을 계속해야겠다는 생각이 커지게 되었다. 우물 안 개구리가 아니라 세계를 무대로 새롭게 경험하며 해낼 일들이 얼마나 많을지. 그렇게 나는 나 자신을 응원하고 전업주부로 살아가는 엄마들을 응원하기 위해 이 글을 쓰고 있다. 세상의 모든 전업맘들이 꿈을 가지게 되길 바라며….

5

'나'라는 사람

어린 시절 나는 '착한 아이'였다. 어른들 말씀 잘 듣고 뭐든지 잘 해내서 칭찬받아야 했던 착한 아이. 사고 치지 않고 스스로 할 일도 잘하는 착한 아이. 그랬던 내가 십 대가 되자 맘대로 하고 싶은 일들이 생겼다. 많은 사람의 기대치에 따라 행동하기보다는 재밌는 일을 찾아다니기 시작한 것이다.

그렇게 몸만 커버리고 철이 덜 든 이기적인 '어른아이'로 성장했다. 뒤늦게 어른이 되어서야 '왜 난 어릴 때 아이답게 굴지 못했을까?' 하는 생각이 들면서 나도 모르게 아이처럼 살고 있는 나를 발견하게 되었다. 그래서 우리 아이들은 남에게 잘 보이기 위해 눈치 보며 거절하지 못하는 '착한 아이'보다는 거절도 할 줄 알며 다른 자신의 마음과 생각에 귀 기울일 수 있는 아이로 키우고 싶었다.

하지만 현실에서는 내면의 착한 아이가 완전히 사라진 게 아니었기에 결혼을 하자 다시 '착한 아내'로, 엄마가 되자 '착한 엄마'로 살고 있는 나를 발견하였다. 아이한테 착해야 한다고 직접적으로 말하지 않아도 눈빛과 행동으로 가르치고 있었다. 이런 식이라면 우리 아이도 착한 아이로 자라게 될 것 같은 불안감이 밀려왔다. 내 속에 이미 큰 부분을 차지한 착한 아이를 끊어내기란 쉽지 않았다. 마치 이유식을 만들 때 가스 불 앞에 서 있는 내 다리를 붙잡고 우는 아이 같다고나 할까? 꼭 해야 하는 일이지만 딱 달라붙은 아이를 강제로 떼어 놓는다고 떼어지는 게 아닌 그런 상황이었다. 하지만 조금씩 노력하다 보니 아이를 통해 관계를 맺는다는 것에 대해 알게 되었고 인간관계에서의 '착한 아이'로부터 조금씩 벗어날 수 있게 되었다.

그 과정에는 책이 있었다. 일찍 결혼했기에 육아의 여정에서 조언해줄 만한 사람이 아무도 없다 보니 육아 정보나 스킬, 조언, 위로들을 책에서 찾았다. 신기하게도 아이를 잘 키우기 위해서 본 책은 아이에게 초점이 맞춰지는 게 아닌 내면의 아이를 성장하게 했다. 인터넷에 넘쳐나는 정보들과 달리

검증된 전문가들의 지식과 노하우들이 꾹꾹 담겨있는 책들은 신뢰도가 높았기에 더 믿고 그대로 실행할 수 있었다.

이전보다 내면의 아이가 성장하자 좀 더 나를 위해 살아갈 수 있게 되었다. 전에는 타인과 가족들을 더 생각하는 착한 아이로 살아가느라 나 자신을 힘들게 했다면, 지금은 나를 더 아끼며 살아갈 수 있게 되었다. 내가 좋아하는 일과 잘할 수 있는 일들에 더 집중할 수 있게 되었고, 나에게 쓰는 시간으로 인해 가족들에게 집중하는 시간이 줄어듦에 죄책감도 느끼지 않는다. 이제야 진정한 나를 찾은 것이다. '착한 아이'로만 살아야 할 때는 내 생각에 대한 확신이 적었다면 이제는 나를 더 믿고 아끼고 사랑해 줄 수 있게 되어 세상 마음이 편해졌다. 앞으로도 책과 함께 성장하며 살아갈 것이다. 그러다 보면 지금보다 더 멋진 어른으로 늙어 가겠지?

6 어느 날은 슬픔

5살 땐가 큰아이가 나에게 물었던 적이 있다. "엄마도 나중에 죽어?"라고 물으며 흐느끼며 우는데 나도 눈물이 나오려는 걸 간신히 참고 아이를 달래줬던 기억이 있다. 사실 엄마가 되기 전에는 죽음은 그냥 막연한 것이었기에 이토록 심각하게 생각해 보지 못했다. 엄마가 되고 나니 죽음이 좀 더 현실적으로 느껴지면서, 살아야 한다는 욕구가 더 강해졌다는 표현이 맞겠다. 특히 아이들이 지금보다도 더 어릴 땐 내가 죽으면 이 쪼꼬미들을 누가 돌봐주나 하는 생각이 컸다. 아직도 어리긴 하지만 이제는 엄마를 많이 사랑하고 아끼며 엄마의 빈자리를 알 만큼 컸다. 그렇기에 유독 감정이 풍부한 아이들이 엄마의 빈자리를 감당할 수 있을까 하는 생각이 든다. 아이들이 엄마를 얼마나 그리워하며 슬퍼할까 하는 생각에 글을 쓰는 지금도 눈물이 그렁그렁해진다.

아직은 가까운 사람의 죽음을 경험해 보지 못했다. 하지만 그런 죽음을 경험한 사람들이 주변에 몇몇 있었는데 옆에서 지켜봐야 하는 나로서는 적절한 위로의 말을 건네지 못했다.

처음으로 경험한 건 중학교 1학년 때였다. 입학하고 새로 사귀었던 단짝 친구에게는 동생이 하나 있었다. 가을 무렵 그 동생의 백혈병 재발 소식은 어린 마음에도 큰 충격이었다. 전에도 치료를 받고 좋아졌었다고 하니 이번에도 잘 치료되기만을 바랐다. 그러던 중 친구가 요즘 인기가 많은 책이라며 소설 『가시고기』를 빌려주며 이 책을 읽어보면 백혈병이 어떤 병인지 조금은 알 수 있게 될 거라고 했다. 얼마 지나지 않아 친구가 12월 둘째 주에 소설이 드라마로 방영된다고도 알려주었다. 소설책을 눈물로 읽어 내고 나서 밤하늘이 점점 더 새까맣게 짙어지며 어둠이 길어지는 그 차가운 겨울날, 친구와 나는 그 드라마를 기다리고 있었다.

드라마가 방영되기 1주일 전 즈음 집에 가서 연락한다던 친구에게서 연락이 오지 않았다. 기다리다가 전화를 걸었더니 친구는 울고 있었고 이내 슬픈 소식을 듣게 되었다. 그때 당시 반에서 나만 알고 있는 비밀이었기 때문에 다음 날 학교에 가면 친구들에게 어떻게 소식을 알려야 하나 막막했다. 다행인지 불행인지 나 대신 담임선생님께서 조회 시간에 소식을 전해주셨고, 그 순간 친구들은 나를 쳐다보았다. '너는 알고 있었어?'라는 눈빛과 함께 친구들은 서운해하기도 했지만, 곧 다 같이 화장실에서 그 친구에게 전화를 걸었고 서로 부둥켜안고 펑펑 울었던 기억이 난다.

시간이 지나 드라마가 방영되었는데 이렇게 된 이상 나는 정말 못 보겠다 싶었지만, 결국엔 눈물, 콧물을 펑펑 쏟아내며 보았다. 한동안은 친구에게 그 어떤 말로도 위로를 건네기가 어려웠다.

이런 죽음이 나와 가까운 사람들에게, 혹은 가족에게 일어난다면 나는 감당할 수 있을까 생각해 보면 자신 없다. 가까운 사람의 죽음보다 슬픈 일이 있을 수 있을까? 이러한 일들도 조금 더 나이가 들면 덤덤히 받아들일 수 있게 될까? 아직은 잘 모르겠다.

7

그 안의 기쁨

우리는 살아가는 시기와 상황에 따라 최우선으로 여기는 것들이 달라진다. 초등학교 때는 단짝 친구와 온종일 붙어 다니며 많은 것들을 공유하던 일. 중학교 때는 기타를 배우러 컴컴하고 습한 지하에 있던 합주실에 다니던 일. 고등학교 때는 주말에 친구들과 특별한 일을 하지 않아도 온종일 같이 있으면서 깔깔대며 웃던 일. 대학교 때는 서울을 매주 오가며 신앙생활을 했던 일. 휴학 중 1년 동안 일을 하면서는 아무것도 모르는 어리던 나를 막둥이처럼 품어주며 따뜻하게 대해준 직장 동료들과 즐거운 시간을 보냈던 일. 그리고 결혼해서 두 아이의 엄마가 되어 아이들로부터 사랑을 느끼는 일.

이 모든 일에는 나와 함께했던 사람들이 있었다. 나는 많은 사람과 관계를 맺는 것보다는 소수와 깊게 맺은 관계에서 오는 기쁨이 더 큰 사람이다. 소수의 사람과 많은 시간을 겪으면서 경험했던 일들에서 희로애락을 느끼며 한 계단 두 계단 성장하고 있었다. 그때 당시엔 그냥 신나는 일상이라고 생각하며 살아냈을 뿐인데 나도 모르게 성장하고 있었다.

그 시기마다 무너질 수도 있었다. 슬펐던 일, 화나는 일이 왜 없었겠는가. 하지만 분명히 내가 몰입하고 집중하고 있었던 관계에서 오는, 기쁨이 되던 일들로 인해 상대적으로 부정적인 감정들을 잘 이겨냈다. 그래서 우리 아이들을 키우며 중요하게 생각하는 것은 아이들이 매일 하루하루를 즐겁게 지내는 것이다. 학교에서나 어린이집에서나 태권도장에서나 그리고 집에서 분명히 속상하고 화나는 일들이 있을지도 모른다. 그것들을 이길 수 있는 힘은 그 순간을 좋아하는 일들로 더 많이 채워서 더 큰 기쁨을 누리며 살아가는 것이라 믿는다.

큰아이는 나와 비슷하게도 미리 걱정하는 일이 잦다. 아직 겪지 못한 일임에도 불구하고 닥치지 않은 미래를 미리 걱정해서 지레 겁먹고 포기하려 한다. 며칠 전에는 독감 주사를 맞는데 매년 그랬듯이 울음으로 시작했다. 가장 거부감이 컸던 6살에 비하면 지금은 굉장히 양호하긴 하지만, 이제는 힘으로 아이를 잡고 강제로 주사를 맞히기도 어렵기에 아이가 스스로 의자에 앉아 팔을 걷고 고개를 돌린 후 팔에 힘을 쭉 빼고 있기를 바랄 뿐이다. 6살인 동생이 먼저 의젓하게 주사를 맞고 나도 맞았다. 큰아이 차례가 되었을 때 이미 터진 눈물을 주체하지 못하고 겨우 주사를 맞았다. 그런데 맞고 나서 아이가 하는 말이 "무섭긴 했는데 주사는 정말 하나도 안 아팠어."란다. 그 말을 들으니 웃음이 나온다. "거봐~ 안 아팠는데 괜히 미리 겁먹고 걱정했잖아~"라며 잘했다는 칭찬을 건넸다.

이런 아이에게는 기쁨을 느끼는 경험이 더 많이 필요하다. 하나의 사건이나 감정에 오래 몰입하기는 하지만 기쁘거나 즐거운 일이 있으면 긍정적인 감정을 일으키는 일에 금방 몰입하고 깊이 빠져들기 때문이다. 나는 나이가 들수록 어려운 순간을 지날 때 부정적인 감정을 내 마음속 동굴 깊숙이 밀어 넣는 게 아니라 내가 겪었던 기뻤던 일들을 떠올리며 금방 빛을 찾아 나아가려고 한다. 인생을 살다 보니 이런 일도 있고 저런 일도 있음을 느끼게 되었다고나 할까? 내가 어려움을 극복할 수 있는 힘. 바로 '기쁨의 경험'이다.

8

매일 1mm의 성장을 꿈꾸다

책에 처음 흥미를 느꼈던 때는 11살 즈음이었던 것으로 기억한다. 그 당시 우리 집엔 책이 있긴 했지만 그리 많지 않다고 느꼈다. 학교 도서관과 시내에 있는 대형서점에 가는 것과 우리 집에는 없는 다양한 책이 많았던 단짝 친구네 집에 가는 것을 좋아했다.

그 후 나에게 찾아온 첫 번째 몰입 독서의 시기는 중학교 3학년 여름 방학이었다. 그때는 그게 몰입 독서인지도 몰랐지만, 책을 보는 일이 너무 재밌어서 그냥 닥치는 대로 책을 봤다. 도서관에 자주 가서 여러 분야의 책을 빌려다 봤는데 그 중 가장 인상적이었던 책은 반 고흐의 편지를 엮어 놓은 책이었다. 그 책은 그동안 경험해 보지 못했던 예술적 사고를 할 수 있게 해 주었다. 고흐가 동생 테오, 절친 고갱과 주고받았던 편지 내용으로 구성되어 있는데, 책을 읽는 동안은 마치 고흐가 된 것만 같은 생각이 들기도 했다. 이것보다 더 간접적으로 타인의 삶을 경험해 볼 수 있는 일이 있을까 싶어 책장을 넘길 때마다 감탄했던 기억이 난다.

고등학생 때는 다독과 속독을 하지 못하는 내가 언어 능력이 떨어진다는 걸 많이 느꼈다. '어릴 때 재미있는 책을 더 많이 봤다면 얼마나 좋았을까?' 하는 생각을 하며 대학 입시를 이유로 책을 거의 보지 않았다. 그저 빨리 수능이 끝나고 중학교 때의 경험처럼 다시 몰입 독서의 시기가 오기만을 바랐다. 지금 생각하면 막연한 두려움과 불안감을 가지고 의미 없이 언어영역 문제집을 풀었던 대신 재미있는 책들을 골라서 봤다면 더 좋았겠다는 생각이 든다.

대학교에 가서는 바로 다독을 못 하다가 2학년 여름 방학 때 내 인생의 두 번째 몰입 독서의 시기가 찾아왔다. 방학을 앞두고 계획을 세우는데 중학교 때가 떠오르면서 하루 종일 책을 끼고 지낼 일상에 신났다. 거의 매일 도서관에 가서 무슨 책을 골라야 할지 몰라 행복한 고민을 하며 다양한 분야의 책을 본다는 것에 신이 났다. 그게 2학기까지 이어졌는데 하루 4시간을 대중교통으로 통학하면서도 새벽 운동과 과외 아르바이트, 운전면허 취득, 학점관리도 잘해서 장학금을 받기까지 했던 정말 알찬 한 학기를 보냈다. 역시 사람은 뭐든지 부족해야 주어진 자원을 더 알차게 사용하게 된다는 것을 제대로 경험한 시기이기도 했다.

세 번째로 찾아온 몰입 독서 시기는 육아를 하면서였다. 처음에는 어린 나이에 엄마가 되다 보니 조언을 얻기 위해 하루에도 수십 번 초록 창에 검색했다. 하지만 돌아온 것은 나랑 다르게 다 가진 듯한 엄마들의 제품 후기들과 사교육 관련 글들이었고, 내 처지와 비교되며 허탈감만 커졌다. 공신력 있는 믿음직한 육아 정보를 얻으려고 하니 자연스럽게 육아서를 보게 되었다. 육아서의 이론은 이론일 뿐이라고 생각했던 것은 오산이었다. 육아서를 보면서 많은 눈물을 쏟기도 하고 한바탕 웃기도 하면서 공감하는 일이 늘어났다. 부족한 시간을 쪼개서 본 책은 그 누구보다도 나를 알아주는 가장 좋은 친구가 되었고, 나를 성장시켜주는 은인이 되었다.

이렇게 앞으로도 책과 함께하는 삶을 쭉 이어갈 것이다. 올해는 일한다는 핑계로 많이 보지 못하고 있지만, 나의 지성을 키워주는 건 바로 다독에서 오는 생각하는 힘이니까.

이해진

일상이 빛나는 시간

딸이라는 이름

"가시나야, 엄마가 죽었는지 살았는지 안 궁금하나?"

전화기 소리로 들려오는 투박하지만 구수한 엄마의 목소리가 귓가에 맴돈다. 겨우 일주일 정도 지났다 생각했는데 서운한 기색이 역력하다.

"엄마, 무소식이 희소식이지 내 보고 싶었나? 원래 보고 싶은 사람이 전화하는 거다." 하고 미안한 내 마음을 애써 둘러대 본다.

여장부 같은 엄마가 막내딸인 나에게 서운해할 때면 돌아가신 할머니 생각이 난다. 할머니가 살아계실 때 시골집에 다녀가면 버스가 마을 어귀를 넘어갈 때까지 손 흔들어 주셨다.

그러고 나선 나도 울고 할머니도 눈물을 훔치셨다. 그 시절 엄마는 "저 할매가 왜 저러시노?" 하며 할머니의 마음을 이해하지 못하셨지만, 70대 중반이 넘은 지금은 할머니의 그때 그 마음을 고스란히 느끼고 계신다. 인정하고 싶지 않지만, 어느새 겉모습이 늙어버린 엄마에게서 정 많은 우리 할머니의 모습이 보인다.

엄마는 종갓집 7남매 큰며느리로 아빠 얼굴도 보지 못한 채 시집을 왔다. 주관이 뚜렷하고 성격이 급한 할아버지와 점잖지만, 고집 센 아빠 사이에서 수많은 갈등을 겪으며 사셨다. 우리 집은 동네 어르신들의 사랑방이었다. 그렇지만 엄마는 힘든 내색 없이 묵묵히 베푸는 삶을 살아 내셨고, 효부상까지 받으셨다. 엄마의 유일한 낙은 우리 4남매를 잘 키우는 일이었다. 엄마의 베풂 덕분인지 4남매는 각자 자리에서 잘 살고 있어서 자식 복이 많다고 주변 분들에게 부러움을 사고 있다.

나는 4남매 중 첫째 언니와 10살 터울의 막내딸이다. 딸인 것 같아서 세상에 태어나지 못할 뻔하다가 태어났다. 그래서 그런지 엄마가 잠시 자리를 비우기라도 하면 자다가도 벌떡 일어나 울어서 온 동네 울보라고 소문이 날 정도로 엄마 바라기가 되었다. 그렇게 엄마 집착이 심하던 내가 42살에 두 아이의 엄마로, 아내로, 이해진 나 자신으로 당당한 삶을 살아가고 있다. 학창 시절 한 시간 동안 재를 넘어 학교에 다녔고, 시험 기간이면 바쁜 농사일을 도왔고, 자취방도 직접 구해서 끼니를 챙기고 사는 게 자연스러운 일상이었다.

바쁘신 부모님이 무심해 보였지만 그냥 그렇게 지내는 것이 당연하다 여기며 살아왔다. 돌아보니 엄마는 아름답고 큰 숲을 이루기 위해서는 많은 어려움이 있다는 것을 아시고 우리를 강하게 키워내셨다. 난 그런 유년 시절 경험들과 가정에서도 동네에서도 본이 되는 엄마의 삶 덕분에 독립적인 삶을 살아 낼 수 있었다. 나는 어느덧 엄마의 모습을 닮고 있으며 시골에서의 어린 시절은 내 삶의 길잡이가 되어주었다. 나의 든든한 고향인 엄마가 살아 계셔서, '엄마' 하고 부를 수 있어서 감사하다.

"내 다리 무 같제?" 하실 만큼 정정하셨는데 몇 년 전부터 걸음걸이가 예사롭지 않아 마음 한구석이 짠하다. "내 죽기 전에 해외여행 또 가겠나?" 하고 물으신 적이 있다. 일하면서 생긴 버킷리스트 중 하나가 내가 번 돈으로 가족들이 다시 해외여행 길에 오르는 것이다. 난 오늘도 그 꿈을 위해 도전하며 우리 아이들의 엄마, 아내, 며느리, 그리고 우리 엄마 김소순 씨의 딸인 것에 감사하며 살아간다.

2 아내라는 이름

경상도와 전라도, 바다가 보이는 도시와 산으로 둘러싸인 시골, 3남과 1남 3녀, 나이도 다르고 각자 하는 일의 분야도 정반대 우리는 누가 봐도 다른 환경에서 자라왔다. 서로에게 어떤 이끌림이 있었는지 천생연분 부부가 되어 살아온 지 16년 차다.

남편은 자신에게 업무상 미안한 일이 있던 회사 동료에게 여자 친구를 소개해달라고 부탁했다. 이상하게도 내키지 않는 소개팅이었지만 친구의 간절함 때문에 못 이기는 척 나간 것이 우리를 인연으로 이끌었다.

남편은 저 멀리서 할머니와 도란도란 이야기 나누며 걸어

오는 내 모습이 참 예뻐 보여 끌렸다고 한다. 더 큰 이유는 소개팅했던 여자 중에 밥을 남기지 않고 국물까지 싹싹 다 먹은 여자는 내가 1호였고 그런 내가 남편의 이상형이었다. 내가 남편에게 끌린 부분은 차분한 성격에 말투에서 느껴지는 자상함, 연애하는 내내 아무리 퇴근 시간이 늦어도 하루도 빠지지 않고 만나러 온 성실함이었다. 그런 남편이 솔직히 귀찮기도 했지만 참 믿음직스러웠다. 그렇게 우리는 서로에 대해 알아가며 다른 듯 닮은 듯 결혼에 골인했다.

우리들의 제2의 인생은 각자 일에 빠져서 시간 가는 줄 모르게 흘러갔다. 남편은 나를 만나고 더 바빠졌다는 표현을 자주 쓴다. 내가 하고 싶은 것이 너무 많아서 남편이 더 바빠지고 힘들어졌지만 나에게 이렇게 말해준다. "너는 나를 바쁘게 하는 기술이 있다."라고. 그 안에 여러 가지 마음이 함축되어 있지만, 기술로 해석해서 표현해주는 남편이 참 고맙다.

형제가 많은 다복함이 좋아서 결혼하면 자녀를 4명 낳아 키우고 싶은 바람이 있었다. 바람은 언제까지나 바람일 뿐 그 바람과는 점점 멀어져 남들처럼 평범하게 아기를 갖기 어려웠다. 처음에는 때가 되면 생기겠지 하고 대수롭지 않게 생각했지만, 시간은 금세 흘러갔다. 몇 년 지나고 나니 아무렇지도 않은 내 마음에 뭔가 다른 감정이 싹트기 시작했다. 본격

적으로 아기를 가지기 위해 노력했고 마음대로 되지 않는 상황이 우리 부부를 더 힘들게 했다. 하지만 이런 상황에도 더 끈끈해지고 서로를 배려해 주는 그런 사이가 되었다.

남편은 아기가 생기지 않은 힘든 시간에 아내인 나를 따라 천주교 세례를 받았다. 기도하는 아내를 위해 함께할 수 있는 것이 오직 세례뿐이었다는 남편의 마음을 나중에 알게 되었다. 힘든 시간 끝에 5년 만에 첫째를 만날 수 있었고 2살 터울 둘째가 태어나 우리는 넷이 되었다.

남편은 결혼 전에 가졌던 고민이 있었다. 코골이가 결혼 생활에 방해가 될까 수술을 생각했지만, 다행히도 머리만 붙였다 하면 잠자는 아내인 나를 만나서 고민이 한 방에 해결되었다. 나에게 시부모님과 친척들이 "저 소리가 안 들리니? 잠이 오니?"라고 묻는다. 이래서 어른들이 천생연분 이야기를 하나 보다. 결혼 16년 동안 난 남편 콧소리가 한 번도 거슬린 적이 없고, 자장가 같아 너무 잘 살고 있다는 사실에 주변 사람들이 더 놀랄 뿐이다. 짚신도 제짝이 있듯이 우리 부부도 짚신짝처럼 서로에게 찰떡궁합 천생연분임이 틀림없다.

3

엄마라는 이름

엄마와 인연이 되어 엄마의 딸로 태어나고 내가 또 엄마가 되어 아이들을 만나는 시간은 머나먼 여행을 떠나는 것과 같다. 때로는 힘들었고, 때로는 가슴 벅차오르던 날들이었다. 세상에서 그 어렵다던 엄마, 나는 그 어려운 걸 해낸 아들딸 두 아이의 엄마가 되었다.

옛 어른들 말씀이 인생에서 마음대로 되지 않는 것이 자식 농사라 하였다. 결혼만 하면 아이는 선물로 와줄 줄 알았는데 쉬운 일은 아니었다. 딸의 임신 소식이 늦어지자 엄마는 평소 믿지도 않던 미신을 믿어보자고 부탁하셨지만 나는 단번에 거절하였다. 딸이 아이를 갖지 못하고 있을 때 죄인 같다는 엄마의 마음이 어떠실지 알기에 못 이기는 척 병원의 힘을 빌려 보기로 했다. 애를 쓸수록 내 마음의 문은 더 좁아졌고, 결과를 기다리는 시간은 설레는 기다림이 아니라 내가 더 작아지는 시간이었다. 내 옷 같지 않고 자연스럽지 않은 것이 점점 나에게 스트레스로 다가왔기 때문이다.

얼마나 더 긴 여행 끝에 만날 수 있을까? 우리 부부의 보석이 되어줄 아이를 만나기 위해서는 기다림과 노력의 미덕이 필요했다. 고민 끝에 평생직장이라 생각했던 일을 그만뒀고 우연히 같은 고민 중인 동생을 만나 동지애를 느끼며 우리는 준비하는 엄마가 되었다. 매일 뒷산과 성당을 가고, 자전거를 타고, 한의원을 가고, 좋은 생각을 하고, 좋은 음식을 먹고 내가 할 수 있는 노력을 총동원했다. 내 옷이 아니었던 것을 벗어던지고 나니 힘들기만 했던 기다림이 기대와 설렘으로 바뀌어 있었다. 덕분에 나는 내 몸을 먼저 챙길 수 있었고 내 몸과 마음이 가장 건강할 때 건강한 아이를 5년 만에 만날 수 있었다. 동지애를 나누었던 우리 둘의 아이들은 세상에 둘도 없는 멋진 친구가 되었다. 우리 부부에게 둘째는 깜짝 선물처럼 왔고 11년째 버라이어티한 현실 육아를 하며 아이들과 행복한 여정 중에 있다.

몇 년 전 첫째 8살 둘째 6살이 되던 해 독감으로 몸져누워

있던 나를 깨워 일어나 보니 아이들이 밥, 반찬, 비타민, 유산균 밥상을 차려 놓았다. 아픔과 감동으로 울던 엄마의 눈물을 닦아 위로해주는 아이들이 얼마나 기특했는지 엄마가 되고 받은 최고의 선물이었다. 아이들은 부모의 뒷모습을 보고 자란다는 말이 실감 났다. 엄마인 내 모습 자체가 유산이 되는 삶을 살고 싶었기에 가슴이 뛰기 시작했다.

엄마가 된다는 건 뭘까? 나의 미니미인 아이들의 이름을 부르고, 눈을 마주하고, 손잡고, 걷고, 꼭 껴안고, 슬픔도 기쁨도 함께 나누는 것이다. 또 든든한 조력자가 되어 함께 여행을 떠나는 것이 아닐까? 엄마가 된 나는 엄마의 언어를 배우고, 아이들을 통해 삶을 살아가는 방법을 배운다. "엄마가 왜 좋아?" 아이들에게 묻는다. 여러 가지 이유를 말하지만 "엄마 냄새가 좋아.", "그냥 내 엄마라서 좋아."라고 대답한다. 사실 나도 그냥 내 아이들이라서 좋다.

얼마 전 우리 집에 셋째 동생 몽이가 왔다. 첫째 아토피가 낫고 약속한 선물. 시작은 강제성이 있었지만, 아빠의 건강 다이어트 동기가 된 복덩이 같은 존재다. 이젠 두 아이의 엄마로 반려견 개 엄마로 바쁜 일상이 또 시작됐다. 오늘도 난 아이들과 투닥투닥 행복한 전쟁을 치르고 있다. 우리 가족에게 또 어떤 여행들이 기다리고 있을까?

4

사회인으로서의 이름

어렸을 때부터 내 꿈은 막연하게 유치원에서 해님 반 선생님이 되는 것이었다. 아기 스포츠단 선생님을 잠깐 스쳐 지나 사회복지사 선생님이 되어 내 꿈은 반쯤 이루었다.

학교를 졸업하고 내가 원하는 사회복지 분야에 취업하기 전에 나에겐 걸림돌이 되는 것이 있었다. 대부분 기관에서는 사회복지사 1급을 선호하지만 2급인 나는 취업의 문 앞에서 걸림돌에 걸려 허우적댈 수밖에 없었다. 하지만 간절함이 통했는지 기관에서 계획에 없었던 자리를 하나 더 만들어서 나를 합격시켰다.

합격한 기관은 그 분야에서는 소위 엄청 '빡세다' 할 만큼 힘든 곳이다. 그래서 그곳을 나오면 '일 잘한다.' 소문이 도는 곳이었다. 사실 학력과 급수의 차이로 일을 잘하고 못하고가 결정되지 않는다. 기존 인식의 틀을 깨어보고 싶은 생각이 들었다. 그래서 장애인, 자원봉사 분야의 일을 하면서 내 능력 이상의 힘이 생겼고 신규사업으로 입지를 다질 수 있었다.

경험을 쌓은 후 지역을 이동하게 되면서 나를 환영해주는 두 번째 직장으로 옮겼다. 사회복지관에 많은 열정을 내뿜었고, 천직이라 할 만큼 에너지가 더 생겼다. 아동 · 청소년, 장애인, 할머니들과 소통하면서 내가 주는 것보다 챙김과 사랑을 더 많이 받아왔다. 할머니와 오래 산 덕분에 특히 할머니들께 인기 많은 이 선생님이었다. 전 직장에서 역량이 바탕이 되어서 내가 원했던 자리에 오르고 해 보고 싶었던 사업들도 펼쳐나가며 신이 나서 일했다. 이후 관심 분야 쪽으로 학교도 다니고 걸림돌이 되었던 자격증을 취득하며 나의 목마름을 채워 나갔다. 어떤 일이든지 호기심을 갖고 도전했던 다양한 경험들이 내가 가고자 하는 길로 방향을 제시해주었다.

어느 날 육아하면서 경단녀가 되고 노후 준비를 위해 무언가를 찾고 있는 나에게 멘토가 생겼다. 그분은 세상 돌아가는 변화에 대해 들려주셨고, 인생을 살아가면서 필요한 것들에 대한 정보가 나에게 생각의 전환점을 가져다주었다. 내가 앞으로 그려나가고 싶은 꿈을 이룰 방법을 찾았고 퇴사를 하면서 생겼던 버킷리스트 중 봉사자, 후원자로서 꿈도 다시 계획할 수가 있었다. 생각지 못한 분야의 일이었지만 환경을 생각하는 회사의 철학과 가치가 내 생각과 일치했다. 음식도 내가 직접 먹어봐야 맛을 알 수 있듯이 내가 직접 경험하고 만나봐야 하기에 새로운 직업의 길에 도전했다. 무엇이든지 준비되어 있지 않으면 잡을 수도 탈 수도 없다. 하루하루 채워지는 것들이 눈에는 보이지 않지만, 한걸음 나아진 나를 발견하기도 한다.

아이들이 성장할 때 엄마도 함께 성장할 수 있는 적기가 있다. 현재 나는 네트워크 마케터로 아이들과 함께 꿈을 찾아가고 있다. 하고 싶은 것을 할 수 있고, 하기 싫은 것을 하지 않을 자유와 시간적 경제적 자유를 통해 선한 영향력을 미치고 싶기 때문이다. 지금 내가 파 놓은 우물이 나의 또 다른 꿈을 이루는 밑거름이 될 것을 알기에 오늘도 내 삶의 주인으로 도전하며 살아간다.

5

'나'라는 사람

우리 부모님은 어떤 느낌으로 내 이름을 짓고, 불러 주셨을까? 부모님께 불리는 이름, 친구들이 불러주는 이름, 남편과 가족들이 불러주는 이름마다 다른 느낌이 있다. 많은 사람이 여러 가지 색색의 느낌으로 나를 부른다. 내 이름은 이.해.진이다.

살아오며 나를 지탱하게 해준 원동력이 무엇이었을까 생각해 보면 어릴 때부터 나를 둘러싼 수많은 환경 덕분이다. 어린 시절엔 멋모르고 그저 즐겁기만 했고 가끔은 시골이라 제한적인 환경이 그저 불편하기도 했지만, 시간이 지난 지금은 참 감사하다. 어린 시절 경험과 추억이 내면의 힘으로 자리해 어른이 된 지금 든든한 버팀목이 되었다.

나는 태어나서부터 마음 약한 울보 아이였다. 부끄럼이 많고 소심해 보이지만 동네 어른들이 "야시"라고 부를 만큼 똑 부러지기도 했다. 어린 시절 이야기를 꺼내기라도 하면 도대체 몇 년도에 태어났는지? 할머니, 부모님 시절 이야기 같다며 신기해한다. 누구에게는 평범한 일상이 나에게는 특별함이 되어 이야기보따리를 꺼내는 순간이 참 행복하다.

시골에서만 느끼는 자연환경은 친구였고 놀이터였다. 돌멩이, 개울, 연못 놀이, 강가 수영, 나무 타기, 산에 올라가 나무해오기, 포대 썰매 타기, 산속에 본부 짓기 등의 놀이가 있다. 지금은 하기 힘든 추억 속에 찰칵 담아둔 보물 놀이기도 하다. 학교 가는 길에서 주로 했던 것은 도시락 까먹기, 산딸기, 오디, 삐삐, 찔레 먹기였다. 학교 가는 길이 놀이터였기에 다리가 아픈지, 무서운지도 몰랐다. 그렇게 단련된 나는 달리기를 곧잘 해서 선수가 되기도 했고 인내심이 있는 아이로 자랐다.

중고등학교 시절엔 친구와 음악 선생님을 좋아하는 수줍은 소녀였다. 검도 동아리에 들어가 체력은 물론 마음도 챙기며 사춘기도 모르고 지나갈 만큼 걱정 없는 학창 시절을 보냈다.

아기 스포츠단 선생님, 사회복지관의 사회복지사로 내가 살고 싶은 삶을 살아 왔으며 지금은 네트워크 마케터로 성장 중이다.

시골의 한 소녀로 자라 왔지만, 어느덧 보물 같은 이야기를 풀어나가는 예비작가로 글을 쓰기 시작했다. 지금 나의 삶의 원동력은 배움, 사람, 관계, 소통이다. 좋은 사람들을 만나면서 나누고 관계를 이어주고 서로 부족한 부분을 채워가며 성장해가는 즐거움이 크다. 돌이켜보니 수많은 경험과 마주해온 것들이 퍼즐 조각 맞춰지듯 난 또 그 안에서 나를 찾아가고 채워가는 시간을 보내고 있다. 그 뒤에는 든든한 멘토가 있었고 긍정적인 생각과 행동이 나를 이끌어주었다.

얼마 전 독서 토론에서 책 『이상하고 자유로운 할머니』의 제목처럼 어떤 할머니가 되고 싶은지를 나누는 시간이 있었다. 순간 나는 내가 원하는 것이 무엇인지 해답을 찾았다. 나의 노후엔 선한 영향력을 미치는 반전 있는 할머니가 되는 것이다. 지금 나는 내 마음에 품은 씨앗을 키우며 언젠가 이룰 꿈을 향해 걸어가고 있다.

6

어느 날은 슬픔

결혼하면 아이가 바로 찾아와 줄 거로 생각했고 아이가 생기면 모든 게 해결되고 더 바랄 것이 없을 줄 알았다. 한고비를 넘으니 또 다른 아픔이 찾아왔다. 과정은 어려웠지만 나는 못 해낼 것 없는 엄마였고 아이를 믿는 구석이 있었기에 잘 이겨낼 수 있었다.

자주 아프지 않았던 첫째는 한번 아프기 시작하면 삼 일은 기본으로 고열이 났다. 어느 날부터 잠버릇인 줄 알았던 심한 몸부림이 이해하기 어려운 경지에 올랐다. 병원 상담 결과 편도 아데노이드 수술을 권해주었고 몸무게 미달로 당장 수술하기 어려운 상황이었다. 숨을 쉬는 게 편치 않아서 살기 위해 편한 곳을 찾아 헤맨 것이 몸부림이라고 했다. 얼마나 힘들었을지 빨리 알아채고 편하게 해주지 못한 것에 미안함이 밀려왔다.

그 이후로 아이는 없었던 수면 무호흡을 동반하면서 몸을 긁기 시작했다. 몇 년째 편히 잠을 자지 못한 아들의 면역이 바닥이 되었다는 것을 몸이 말해주었다. 가장 괴로웠던 것은 아이가 자신의 몸을 밤새 벅벅 긁어대는 것이었다. 수시로 일어나 보습제를 발랐고 "제발 그만 좀 긁어." 버럭 화를 내기도 손을 탁탁 쳐 내기도 했다. 나도 엄마이기 전에 사람인지라 그 마음을 다 알아주지는 못했다.

여름이 되면 주변 사람들이 화들짝 놀라 물어보는 소리에 불편했다. 내 아이의 상처를 남에게 보이고 싶지 않은 마음이 컸을지 모르겠다. 학교를 다녀온 아들이 "엄마, 친구가 아토피 옮는 거래. 근데 내가 아니라고 했어."라고 말했다. "속상했겠네! 많이 좋아지고 있어 괜찮아." 상처받았을 아이의 모습을 생각하니 가슴이 철렁 내려앉았다. 병원에 갔다 오는 날이면 버스 안에서 잠든 아이의 치료 흔적을 볼 때면 그렇게도 눈물이 많이 났다. 괜찮다고 생각한 나 자신이 감정을 주체하지 못한다는 게 더 속상했다.

5살이 되던 여름날 드디어 수술할 수 있는 몸무게가 되었고 선생님을 믿고 수술을 결정하였다. 걱정했던 것과 달리 아이는 씩씩했고 의사 선생님의 편안한 목소리를 들으며 전신 마취를 하고 수술에 들어갔다. 너무 어린 나이에 수술했고 아픔과 목마름을 참지 못해서 힘든 과정을 겪어내야 했지만 수술 후 경과가 좋아서 그동안 편하게 자지 못했던 잠도 푹 잘 수 있었다.

피부과 약에 의지하지 않으려고 노력했고 급한 불을 꺼야 할 때는 어쩔 수 없이 병원에 의지하기도 했다. 넣지 않아야 할 것은 최대한 피했고 세제, 공기청정기, 물, 음식을 바꾸면서 영양제를 꾸준히 챙겨가며 몸을 바꿔나갔다. 사람의 몸은 자연치유력이 있으니 꾸준히 하다 보면 당연히 좋아질 거로 생각했고 때론 그냥 모른 척 믿어보기도 했다. 이런저런 방법들은 참고는 하지만 그것에 휩싸이지 않는 것이 가장 중요했다. 내 아이를 가장 잘 아는 사람은 엄마이기에 내 아이에게 맞게 엄마가 주치의가 되어서 건강과 마음 관리를 동시에 해주는 것이 필요했다.

피부가 좋아지면서 아이들이 오랫동안 간절히 원했던 약속을 지켜냈다. 덕분에 우리 집엔 새로운 가족 반려견 몽이가 왔고 힘들었던 모든 감정은 몽이가 오면서 씻은 듯이 나았다.

7

그 안의 기쁨

누구를 닮았을까? 어떤 모습일까? 기다리고 기다리던 첫째 우주가 5년 만에 세상에 나와 우리 부부를 만났다. 오랜 기다림 끝이라 그런지 세상을 다 얻은 것 같은 기쁨이었다.

감사하게도 둘째 뚜비는 자연스레 가족에게 선물처럼 왔다. 첫째 아이를 기다리며 쏟았던 정성과 서로에게 의지하며 기다렸던 과정들은 멀고 먼 여정이었다. 하지만 지금은 배 이상의 행복으로 고스란히 보상받고 있다.

해외 출장을 간 남편이 출산 일정에 맞추어 돌아올 수 있었고 배 속에 있던 우주는 고맙게도 아빠가 돌아오자마자 신호를 보내 진통이 시작되었다. 시차로 졸릴 수밖에 없는 남편은 꾸벅 졸면서 내 옆을 지켜주었다. 나보다 먼저 출산하는 산모들의 비명에 내 불안은 더 높아졌고 진행 속도가 느려서 결국 1박 2일 진통을 겪어야 했다.

티브이 속에서만 듣던 '응애' 하는 신생아 소리를 들으며 첫째를 만났다. 짜릿함과 그 시원함은 뭐라 표현할 수 없었다. 내 인생에 최고로 아프고, 무섭고, 두렵고, 설레고, 기쁘고 충만한 여러 가지 감정들을 다 겪은 날이었다. 아직도 출산 시기 장면들이 눈에 선하다.

그렇게 나는 초보 엄마로서 겪어야 하는 첫 관문을 통과했다. 모유 수유할 때 아기의 작은 앵두 같은 입과 꼬물꼬물 손가락, 얼굴을 마주하는 순간 내가 엄마가 되었다는 걸 실감할 수 있었다. 실감하자마자 현실 육아가 기다리고 있었지만 그래도 엄마가 되었다는 것에 행복하다.

남편이 해외 출장을 많이 다녔기에 독박 육아 기간이 자주 있었다. 그 기간이 되면 친정엄마가 집에 오시거나 내가 친정으로 가서 엄마와 시간을 보내고 왔다. 아이가 생기지 않아서 고생했던 막내딸의 귀한 아이를 만난 엄마는 행복해하셨다. 낮엔 주로 밭일을 하고 피곤하신데도 맛있는 밥을 차려주시고 산책도 하며 우리를 챙겨주셨다. 밤이 되면 잠 못 자는 딸이 안쓰러우셨는지 밤새 울고 보채는 손자를 데리고 주

무셨지만 힘든 내색 한 번 없으셨다.

중학교 시절부터 자취했기에 집으로부터 일찍 독립하고 자주 만나지 못했던 우리 모녀, 손자 손녀들에게는 소중한 추억의 시간이었다. "내 평생 너희 만날 것 다 만났다."라고 표현하실 만큼 함께 있는 시간을 기뻐하셨다.

"사람이 온다는 건 실은 어마어마한 일이다. 한 사람의 일생이 오기 때문이다."

정현종의 '방문객'이라는 이 시에서처럼 엄마 품에서 온 나, 나의 품에서 온 우리 아이들. 우리들의 인연에 감사하며 우리의 멋진 일생을 위해 오늘도 열심히 달린다.

8

매일 1mm의 성장을 꿈꾸다

사람마다 에너지를 충전하는 저마다의 방향과 방법이 다양하다. 어떤 활동을 할 때 가장 즐겁고 에너지가 한층 좋아지는지 질문해 본다. 나는 배움을 통해 얻는 경험과 경험을 나누는 것에서 에너지를 충전한다. 새로운 것을 경험한다는 건 앞으로 나아갈 수 있는 선택의 폭이 넓어진다는 것이다.

내 관심 분야에 가랑비 옷 젖듯이 꾸준히 배우다 보면 배움의 경험들이 쌓이고 어느새 경험을 통해서 나를 만들어간다. 예전에는 느끼지 못했지만, 어느 순간 관심사에 따라서 대화 주제가 다르고 함께하는 사람들도 달라짐을 느낀다. 부자가 되려면 부자 속에 있어야 한다는 말이 있다. 내가 원하는 것에 집중하니 나와 관심 분야가 비슷한 사람들을 만나게 되었고, 그 경험이 나를 새로운 길로 갈 수 있도록 이끌었다.

30대 중반까지는 책을 좋아하지 않는 사람 중 한 명이었다. 책은 한 해에 몇 권 읽을까 말까 했고 그러다 보니 주변에 책을 좋아하는 사람들이 별로 없었다. 새로운 일을 시작하면서 건강, 자기 계발, 요리, 마케팅 등의 책을 읽는 것이 우선순위에 있었다. 책은 생각의 틀을 깨워 주었고 좋은 사람을 만나는 것 이상의 가치를 경험하게 해 주었다.

첫째가 2학년 때 담임선생님께서 하브루타와 버츄프로젝트 수업을 하셨다. 주입식 교육이 아니라 소통하며 성장하는 모습을 보고 궁금해지기 시작했다. 아이는 학교에서 선생님께 배워오고 나는 선생님과 인연이 되어서 몇 번 독서 토론에 대해 도움을 받았다. 선생님의 선한 영향력을 통해서 그림책과 하브루타 독서 토론을 들여다보는 출발점이 되어 감사하다.

경험하고 좋은 것이 있으면 이웃들과 나누는 것을 좋아한다. 그림책 독서 토론에 대해 궁금해하는 지인들이 있으면 내가 배운 방법들을 공유하기도 한다. 주말에는 책을 좋아하는 지인들과 각자 책을 들고 카페로 모여 한 주간의 이야기들과 책, 서로의 마음을 나눈다.

작년 연말 도서관, 센터에서 하는 독서 테라피 프로그램에 참여한 후 관심 있는 사람들이 모여 그림책 여행이라는 독서 토론 모임도 결성했다. 코로나로 인해 줌으로 진행되지만, 책이라는 매개체로 만나다 보니 다른 일반 모임보다 더 가까워졌다. 매주 다양한 그림책을 소개하고 각자의 경험을 나누고 삶을 배워 나가고 있다. 앞으로 우리 가족도 함께 할 수 있었으면 좋겠다.

독서 토론을 처음 접했을 때는 느낌을 나누고 질문을 만들고 생각하는 것이 어색하고 어려웠다. 글 위주로 보던 것을 그림까지 폭넓게 보게 되었고 나의 경험과 연결하는 것이 좋았다. 질문하고 질문에 대한 답을 찾아보기도 했다. 여러 사람의 생각을 듣고 나누고 삶에 적용해 보는 것이 혼자 책을 읽는 것과 다른 점이다. 나를 바라보는 힘을 키울 수 있었던 그림책을 만난 시간이 감사하다.

장유진

일상에 행복을 더하다

1

딸이라는 이름

엄마. 나직하게 불러보면 어느새 눈물이 되어 다시 돌아오는 이름. 슬프거나 기쁠 때 흘리는 눈물과는 다른, 엄마가 되어보니 비로소 느낄 수 있었던 그 이름의 의미. 엄마라는 말에 담겨있는 가슴 뭉클한 위대함이란.

엄마는 수시로 나를 끌어안고 사랑한다고 속삭여주는 다정한 분은 아니셨다. 하지만 엄마가 나를 얼마나 사랑하시는지, 당신의 묵묵한 일상에서 충분히 느낄 수 있었다. 엄마가 정성껏 차리신 밥상을 마주할 때면, 늘 단정하고 깨끗했던 우리 집에 들어설 때면, 헤아릴 수 없는 엄마의 속 깊은 사랑을 알 수 있었다.

나는 엄마에게 어떤 방법으로 사랑을 표현했던가. 가만히 눈을 감고 기억을 더듬어 본다. 신문지 위에 수북하게 쌓여있는 쪽파를 사이에 두고 엄마와 내가 마주 앉아있다. 파를 다듬으며 정답게 이야기를 나누는 모습에서 생글생글 행복한 웃음꽃이 피어오른다. 엄마 곁에서 소소한 집안일을 도우며 재잘거리는 게 좋았고, 쉴 새 없이 쏟아내는 내 얘기에 귀 기울여주시는 엄마와의 시간이 좋았다. 그렇게 엄마와 내가 함께한 시간은 시나브로 쌓여갔다.

평생 엄마 곁에 있을 것만 같았던 나도 성장하면서 점점 바빠졌다. 모두가 학교로, 직장으로 떠난 텅 빈 집에 홀로 남아계실 엄마가 눈에 밟혀 발걸음이 잘 떨어지지 않았다. 엄마를 꼭 안고 따뜻한 말 한마디라도 더 건넨 후에야 집을 나서던 나는, 참 다정한 딸이었다. 나에게 또 다른 가족이 생기기 전에는.

사랑하는 남편과 세 자녀, 너무나 소중한 내 가정을 돌보느라 엄마를 살필 여유가 없었다. 내리사랑 운운하며, 내가 행복하게 사는 게 곧 효도하는 거라고 스스로 위안했고 내 가정에 더 충실했다. 한 달에 한 번쯤은 친정에 갔지만, 자식들이 모두 독립한 후에 엄마가 느꼈을 공허감과 외로움을 알아차리지 못했다. 그렇게 시간이 훌쩍 지났다. 어느 날 문득 마주한 엄마는, 막 산란을 마친 생기 잃은 연어를 연상시켰다.

가족만을 위해 헌신하신 엄마의 사랑에 애틋함이 물밀듯 밀려와 시야가 흐릿해진다. '엄마'는 모든 걸 다 감당해 낼 수 있는 강한 사람이라고 생각했다. 엄마 경력 15년이 된 지금의 나는 여전히 약하고 미성숙하다. 엄마도 나 같지 않았을까. 그저 연약한 여자였을 엄마의 삶에 좀 더 관심 가져주지 못했던 지나간 날들에 마음이 아려온다. 엄마가 기력을 잃고 우울감으로 지내고 계신 요즘, "부모님 계실 때 잘해."라는 말이 자꾸 귓가에 맴돈다. 이제 엄마와 나의 잃어버린 시간을 찾아 여행을 떠날 때가 되었나 보다.

엄마로 인해 딸이 되었고, 엄마가 될 수 있었다. 매 순간이 처음이라 서툴게 흘려보낸 시간 속에서, 엄마가 되고 한참을 지나서야 딸로서의 나를 돌아보게 되었다. 늦지 않았기를. 지난날처럼 마음을 다해 엄마의 다정한 벗이 되어드리고 싶다. 나의 어린 시절 엄마와 함께 나눈 시간이 소중한 만큼 앞으로의 여정도 아름답게 남을 테니까. '엄마, 곧 갈게요.'

2

아내라는 이름

현모양처를 꿈꾸던 한 소녀가 있었다. 백마 탄 왕자님이 등장하는 순정만화를 무척 좋아했지만, 감사하게도 결혼생활에 필요 이상의 환상은 갖지 않았다. 지극히 평범한 가정을 이루고, 그 안에서 소소한 행복을 누리는 모습을 그렸을 뿐이다. 얼마 지나지 않아 깨닫게 되었다. 그것은 오히려 더 특별하고, 엄청난 노력이 수반되어야 비로소 누릴 수 있음을.

도무지 연애에 소질이 없고 사람 만나기조차 쉽지 않았던 나는, 상대가 교회 오빠라는 얘기만 듣고 소개팅에 나갔다. 기대가 크면 실망도 크다는 걸 깨달았기에 애써 기대는 접어두고 나간 자리였다. 감사하게도 첫인상은 나쁘지 않았다. 팔

남매 중 막내라는 것보다 더욱 놀랐던 건 교회 오빠의 정체였다. 나도 잘 알고 지냈던 친구의 막내 삼촌이라는 사실. '내가 드라마를 찍는구나.'

어색한 게 싫어서 끊임없이 이야기를 쏟아냈다. 그런 나를 따뜻한 눈빛으로 바라봐 주던 이 남자는, 만남이 거듭될수록 세상 무엇과도 바꿀 수 없는 소중한 사람이 되어갔다. 이해심 많고 다정했으며 무엇보다 현모양처가 되고 싶었던 내 꿈을 이루어 줄 남자라는 확신이 들었다. 그는 세상에서 제일 행복한 여자로 만들어주겠노라고 단 한 번도 큰소리친 적 없었지만 묘하게도 이미 나는 행복한 여자가 되어 있었다.

막상 결혼하고 보니 역시나 서로 자라온 환경이나 상황들이 달라 부딪히게 되고 다툼이 생겼다. 그럴 때마다 우리는 아예 작정하고 더욱 서로의 마음을 인정하며 보듬어 주려고 애썼다. 수없이 크고 작은 위기를 만났지만, 서로를 향한 믿음 안에서 잘 이겨나갔다. 부부로 산다는 건, 장대비 속에 한 우산을 쓴 채로 같은 곳을 향해 한 걸음씩 나아가는 모습이 아닐까.

세상에 완벽한 부부는 없다. 다만 서로 아끼고 사랑하며 행복해지기 위해 함께 노력하는 부부가 있을 뿐. 슬기로운 부부생활 16년 차인 우리는, 각자의 부족한 2%를 채워주며 여전히 서로를 좀 더 깊게 알아가는 중이다. 남편으로, 아내로, 서로가 최선을 다했기에 인생의 우여곡절을 지나면서도 행복할 수 있었고 앞으로도 계속 행복할 예정이다.

중년의 시기를 지나며 여기저기 아픈 곳이 늘어가니 더욱 서로를 의지하게 된다. 전업주부로만 살다가 워킹맘이 되어 보니 남편의 수고가 더없이 눈물겹다. 가족을 위해 늘 애쓰는 남편에게 따뜻한 말 한마디로 힘이 되어주는 예쁜 아내이고 싶다.

한 남자의 아내로 산다는 건, 내 인생의 종합 선물 세트 같은 것. 나에게 '아내'라는 아름다운 이름과 행복한 가정을 선물해 준 남편에게 더욱 사랑스러운 아내이고 싶은 날이다.

3

엄마라는 이름

2007년 8월 24일 다른 이들에게는 지극히 평범했을 날, 나는 내 인생에서 가장 특별한 순간을 맞이한다. 잔잔한 호수가 바람에 일렁이듯 내 안에서 신비로운 생명이 존재감을 나타낼 때면 무척이나 두근거렸다. 꼬물꼬물 매 순간 설렘을 선사해 주던 나의 아기와 처음으로 마주한 순간, 감히 어떤 말로 표현할 수 있을까. 기쁨이 넘치니 자꾸 눈물이 났다. 내가 엄마가 된 날에.

유난히 아기를 좋아하던 나는 결혼을 하면 누구나 자연스레 엄마가 되는 줄 알았다. 한 생명이 잉태되고 그 생명을 지켜내기까지 얼마나 많은 수고를 감당해야 하는지도 모른 채.

결정적으로, 나의 결점을 잊어버리고 언젠가 엄마가 되어있을 나를 상상하며 행복한 미소를 짓곤 했다. 스물여섯, 갑작스러운 복통으로 입원한 후 '난소 낭종'이라는 진단과 함께 난소 한쪽을 완전히 제거하는 수술을 받았다. 자궁 내막증까지 있어 임신이 힘들 수 있다는 무서운 말도 들었다. 훗날 프러포즈를 하던 남편은 날벼락 같은 소리를 들어야 했다. "아기를 못 가질 수도 있대요."

'설마 임신을 못 하겠어?' 결혼 후 나름대로 자녀 계획을 세워 보기도 했지만, 시간이 점점 지날수록 막연했던 그 두려움이 나를 조금씩 짓누르기 시작했다. 나보다 더 아이를 바라지만 애써 태연한 척하는 남편을 보기가 안쓰러웠다. 생명은 결코 인간의 영역이 아님을 절감하며 기도하고 또 기도했다. 나는 엄마가 되고 싶었다. 사랑하는 사람을 꼭 닮은 아이의 '엄마' 말이다.

십 년 같았던 일 년 반, 기다림의 시간을 뒤로하고 우리에게 소중한 생명이 찾아왔다. 유산의 위기를 가까스로 넘기고 나니 물조차 삼키기 힘든 입덧이 수개월 지속되었다. 하지만 엄마가 된다는 기쁨이 컸기에 심한 입덧도 기꺼이 감내하며 엄마 될 준비를 차근차근해 나갔다. 출산마저도 내 뜻대로 되지 않아 수술해야 했다. 마취가 깨고 처음 아기를 품에 안으며 터져 나왔던 눈물을 또렷이 기억한다. 너무나 감격하고 감사해서 눈물마저 뜨거웠다. 그렇게 나는 엄마가 되었다.

부서질 듯 자그마한 아기를 대하며 나는 마치 이미 엄마였던 사람처럼 능숙하게 엄마 노릇을 해나갔다. 정성껏 젖을 물리고, 사랑 가득 담은 눈으로 하염없이 바라보고, 끊임없이 말을 걸고, 다정하게 쓰다듬으며 수시로 기저귀를 확인하고…. 오롯이 나의 몫이었고 누구에게도 양보하고 싶지 않았다. 그토록 원하던 '엄마'가 된 후 나는 점점 단단해져 갔다. 그리고 의사의 말이 무색하게 하나둘도 아닌 '세 아이의 엄마'가 되었다.

아이가 아플 때면 가슴 졸이며 뜬눈으로 지새운 숱한 밤은, 함께 뒹굴며 울고 웃으며 지내 온 시간은, 아이들도 엄마도 쑥쑥 자라나게 했다. 엄마가 된 기쁨에 힘든 줄도 모르고 한참을 달려온 시간. 아주 가끔, 엄마 노릇 그만하고 싶을 만큼 힘든 순간이 오면 그날을 떠올린다. 뜨거운 눈물을 흘리며 '엄마'가 된 날을. 그러면 새 힘이 솟아나며 또다시 좋은 엄마가 되기를 꿈꾼다. 엄마여서 더없이 행복하고 감사한 나는 '뼛속까지 엄마'다.

4

사회인으로서의 이름

유치원 선생님. 아이를 좋아하는 여학생들이라면 한 번쯤 장래 희망으로 생각해 봤을 법한 직업. 나 역시 그랬다. 아이들을 무척 좋아했던 나는 밥 많이 먹고 동생 낳아달라며 엄마를 조르곤 했다. 그 순수했던 시절부터 한결같이 품었던 나의 꿈. 유치원 교사로 사회에 첫발을 내딛던 날, 엄마는 기뻐하시며 딸을 격려해 주셨다. "그렇게 애들을 좋아하더니 유치원 선생님이 되려고 그랬나 봐. 너는 잘할 거야."

IMF로 칼바람이 불던 때, 많은 사람이 직장을 잃고 온 나라가 혼란에 빠져 있었다. 졸업을 앞둔 나 역시 공부를 더 해야 할지, 일하며 경험을 쌓아야 할지 갈피를 잡을 수 없었다.

교수님께선 "졸업 후 바로 현장에서 교사로 경험을 쌓는 것이 중요하다."라고 하셨다. 막상 취업 전선에 서게 되자 학교에서는 가르쳐주지 않았던 일들에 맞닥뜨리며 위축되기도 했다. 늘 긴장하고 분주하게 보냈던 시간으로 기억된다.

학생 신분에서 사회인으로 나아가는 과정은 나비가 번데기에서 성충이 되어가는 과정과 흡사하다. 누구의 도움 없이 혼자 해내야만 또 다른 의미의 어른, 즉 진정한 사회인이 될 수 있다. 든든한 울타리였던 학교 밖으로 나오자 허허벌판에 홀로 서 있는 듯 외로움과 두려움을 느꼈다. 대학 신입생 시절의 풋풋한 설렘과는 완전히 다른 떨림에 지쳐가기 전, 감사하게도 취업에 성공했다. 혼자 힘으로 사회에 첫발을 내딛게 되니 스스로 대견했고, 덩달아 자존감도 높아졌다.

합격 통보는 받았으나 과연 내가 5살 꼬맹이들에게 좋은 선생님이 되어줄 수 있을지 걱정이 앞섰다. 긴 시간 실습으로 만반의 준비를 했지만, 20명이 넘는 5살 아이들을 가르치기란 결코 쉬운 일은 아니니까 말이다. 문득 어릴 때 즐겨 봤던 TV 프로그램 〈천사들의 합창〉이 생각났다. 아이들보다 더 천사 같았던 나의 롤모델 '히메나 선생님'의 미소가 떠오르자 걱정은 어느새 설렘으로 바뀌며 가슴이 뛰기 시작했다.

정신없이 바쁜 일과를 보냈다. 등·하원 지도, 급·간식 시간, 화장실 가는 일 등 밥을 먹다가도 응가를 닦아주러 가야 했고, 수시로 흐르는 콧물도 해결해 주어야 했다. 아이들과 함께하는 시간은 즐거운 만큼 힘든 점도 많았다. 하루하루 아이들의 몸과 마음이 자라가듯 나 역시 성장해갔던 시간. 내 생애 첫 아이들과 동지애를 느끼며 함께한 시간은 지금도 내 기억 속에 반짝반짝 빛나고 있다. 사회 초년생이었지만 잘 적응해나갈 수 있었던 건, 매일 새 힘을 주고 이끌어주었던 나의 '작은 선생님들' 덕분이리라.

소심하고 부끄럼 많던 나는 유치원 교사로 일하며 점점 밝고 적극적인 사람으로 변해 갔다. 또한 엄마 역할에 많은 도움이 되었다. 초등학교 6학년인 딸이 엄마는 꿈이 뭐였냐고 물었다. "유치원 선생님이었지.", "우와, 그럼 엄만 꿈을 이룬 거네?" 이루어진 꿈은 또 다른 꿈을 낳았다. 지금의 내가 있기까지 밑거름이 되어준 값진 시간을 의지하며 마음속에 또 하나의 꿈을 품어본다. 꾸준히, 성실한 모습으로 꿈을 향해 비상하는 나를 응원한다.

5

'나'라는 사람

"지금 행복하신가요?" 누군가가 묻는다면 단 1초의 망설임도 없이 "네."라고 대답할 수 있다. 글을 쓰며 날마다 나 자신을, 나의 행복을 점검하였기에 가능한 일이다. 글은 사람의 마음을 자유자재로 움직이는 힘을 가졌다. 이토록 매력적인 글쓰기에 흠뻑 빠져 있는 나는 참 행복한 사람이다.

번아웃burnout! 내 상태를 표현하기에 가장 적합했던 말. 욕심이 없는 줄 알았는데 지나쳤나 보다. 결혼한 후에도, 아이 셋을 낳은 후에도 나는 여전히 '하나'였다. '나' 하나의 역할도 버거운데 많은 역할이 주어졌다. 꼼꼼한 성격이라 대충할 수도 없었다. 다 감당하기에는 너무 벅찼기에 자연스레 우선

순위가 정해졌다. 엄마, 아내, 딸, 그 외에 내가 가진 또 다른 이름들. 이해심 많은 '나'란 존재는 잊히기에 충분했다.

불현듯 코로나와 함께 찾아온 가정 경제의 위기. 한동안 눈물 바람이 일었다. 길을 걷다가도, 설거지하다가도 숨죽여 울었다. 아이들에게 나의 애달픔이 전해질까 봐서 몰래 눈물을 훔쳤다. 누구나 인생에 풍랑을 만난다. 다만 갑작스럽게 찾아와 추스를 시간이 필요했고, 무엇보다 풍랑에 대처하는 태도가 중요했다. 믿음이 있었기에 원망하기보다 내가 가진 것들에 더욱 감사했다. 그리고 나를 돌아보기 시작했다. 변화를 몹시 불편해하고 두려워하던 나는 기꺼이 달라지기로 했다. 지금, 이 순간이 내 인생의 터닝포인트가 되길 기대하며.

좋아하는 책을 읽고 일상을 기록했다. 하루하루 스쳐 지나가는 생각을 글로 남겼다. 나만을 위하고, 나를 알아가는 시간이었기에 더없이 소중했다. 글에는 치유의 능력이 있어 위로와 힘을 더해주었기에, 금세 밝고 긍정적인 내 모습을 되찾을 수 있었다. 출근길에 매일 만나는 아침 햇살 하나도 허투루 지나쳐지지 않았다. 잠시 멈춰 서서 하늘을 바라보며 숨을 고른다. 엄마 품처럼 포근하다. 맑고 경쾌한 새소리가 생기를 더한다. 소확행.

하루를 기록하며 종종거리던 삶에서 비로소 '나'를 만났다. 아내인 나, 엄마인 나, 딸로서의 나, 이 모두가 하나인 '나'임을 깨달았다. 그 외에 수많은 역할을 감당해 내며 날마다 성장하여 진정한 '나'로 거듭나고 있었음을. 너무 바쁘게 지내느라 알아차리지 못했을 뿐, '나'는 언제나 '나'와 함께였다. 이제는 누구의 아내, 엄마가 아닌 나를 상상할 수조차 없지만 내 안에 오롯이 존재하는 '나'를 만났기에 더없이 반갑다. 기나긴 숨바꼭질 끝에 찾은 '나'는 성숙했고 눈이 부시도록 아름다웠다. 생각이 글이 되니 마법 같은 일이 일어났다.

글쓰기는 나를 사랑하고 더 좋은 사람이 되고 싶게 만든다. 누군가에게 유익을 주는 삶, 내가 소망하는 삶을 이제 글의 힘을 빌려 이루고 싶어졌다. 찰나에 감사하고 사랑함으로써 행복해진 나의 이야기를 글로 나누며 공감을 얻고 소통하는 것, 얼마나 근사한 일인가. 머릿속에 떠도는 수많은 글 조각들의 제자리를 찾아주며 행복을 느낀다. 글을 쓰며 힘을 얻고 꿈을 향해 나아가는 나는 참 행복한 사람이다.

6

어느 날은 슬픔

"축하합니다. 임신 5주입니다." 가장 듣고 싶었던 말이었다. 임신하다니, 내가 참 특별한 존재처럼 여겨졌다. 얼른 아기 심장 소리가 듣고 싶었다. 2주 후 건강하게 뛰는 심장 소리를 듣고 나서야 온전히 임신을 실감했다. '콩닥콩닥' 내 심장도 뛰고 우리 아기 심장도 뛰었다. '산모와 아기 수첩'을 받아 들고는 세상을 다 가진 기분을 누렸다.

기쁨도 잠시, 일하고 있는데 뭔가 왈칵 쏟아지는 느낌에 화장실로 달려갔다. 하혈이 시작되고 핏덩어리가 쏟아졌다. 어떤 정신으로 병원에 갔는지 기억조차 나지 않는다. 넋 나간 사람처럼 앉아 진료를 기다리고 있는데 자꾸만 '유산'이라는 두 글자가 머릿속에 맴돌아 너무 무서웠다. 하필 담당 선생님이 휴진이었다. 낯선 의사가 초음파를 보며 아기집을 짚어주었다. 그 바로 옆에 고여 있던 핏덩어리가 떨어져 나와서 유산될 확률이 높다고만 했다. 괜찮을 거라는 위로의 말 한마디를 아끼는 의사가 참 야속했다.

집으로 돌아와 남편에게 전화하고 싶은 마음을 꾹 참았다. 감당하기 힘든 일이었지만 아직 일어나지 않은 일로 일하고 있는 남편에게 걱정을 안겨 주고 싶지 않았다. 남편이 퇴근하기만을 기다리며 홀로 망연자실하고 있었던 그 순간, 하염없이 눈물이 흐르던 그때를 떠올리면 지금도 어김없이 눈물이 고인다.

남편은 발갛게 부은 내 눈을 보고 진작부터 걱정스러운 눈으로 묻고 있었지만, 식사를 마칠 때까지 기다렸다. "우리 아기가…." 너무 힘든 하루를 보냈던 터라 그 한마디를 내뱉자마자 참았던 눈물이 흘러넘쳤다. 참 서럽게도 울었다. 남편도 놀란 기색이 역력한데 나를 꼭 안은 채 달래느라 여념이 없었다. 아기를 위해 기도하며 기나긴 하루하루를 버텨내는 것, 내가 할 수 있는 일의 전부였다.

주변에 유산을 경험하고 힘들어하는 사람들이 많이 있었다. 직접 경험해 보지 않고 그 마음을 어찌 알 수 있을까. 하지만 유산이 얼마나 가슴 아픈 상처로 남는지는 그들을 통해 잘 알고 있었다. 그래서 더욱더 두려웠는지도 모른다. 어렵게 찾아와준 생명이 혹여나 잘못될까 조바심이 났다. 제발 나에게만은 일어나지 않기를 간절히 바랐다.

병원에 달려가고픈 충동을 수없이 느꼈다. 가서 아기가 잘 크고 있다는 얘길 듣고 싶었다. 시간이 멈춘 듯한 2주 동안, 생명은 사람의 힘으로 어찌할 수 없음을 절실히 깨달았다. 하나님만 더욱 의지할 수밖에 없는, 믿음이 자라가는 귀한 시간이기도 했다.

'쿵쿵 쿵쿵' 힘차게 뛰는 심장 소리에 가슴이 벅찼다. 주치의 선생님께서 아기는 건강하게 잘 크고 있으니 걱정하지 말라며 안심시켜 주셨다. '너무나도 소중한 나의 첫아기를 만나지 못했더라면, 엄마여서 행복한 지금의 내 모습도 없었겠지.' 해피엔딩이지만, 그때를 생각하면 고스란히 감정이 이입되어 여전히 눈물이 고인다.

7

그 안의 기쁨

회색 구름이 드리워지고 금세 빗방울이라도 후드득 떨어질까 내심 걱정되는 날이었다. 하지만 초여름의 후텁지근한 날씨 따위와는 상관없이 마냥 기쁜 날. 두근거리는 내 심장은 이미 통제 불가였고, 태연해지려 했지만 발그스레 상기된 얼굴은 쉬이 감출 수 없었다. 앞으로 다시 느낄 수 없을 독보적인 감정이었다. 수많은 사람으로부터 축하를 받으며 드디어 사랑하는 사람과 부부로서 한 걸음을 내딛던 순간은 늘 꿈꿔왔던 내 인생의 가장 기뻤던 날이었다. 그런데 엄마가 되고 난 후 많은 것이 달라졌다.

내게 가장 기쁜 날은 우리가 결혼한 날이라고 말하니 남편이 씩 웃으며 그럴 리가 없단다. 축가를 들으며 폭풍 오열을 했던 내 모습이 떠오른 모양이었다. 기뻤는데 그렇게 울었을 리 없다며 장난기 가득 머금은 눈으로 되묻는다. "너무 기뻐서 울었던 거야." 궁색하게 들릴지언정 진심을 담아 대답하고는 배시시 웃었다. "그럼 자기는 언제가 가장 기뻤는데?" 우리의 결혼 이상으로 기뻤던 순간은 여러 번 있었다. 이미 정답을 알면서 물었기에, 애써 대답을 듣기 전에 나는 이미 기억 저편으로 추억 여행을 떠났다. 장면이 구체적으로 그려지기 전부터 눈시울이 뜨거워지는 건 왜인지…. '여보, 얼른 와요.' 추억은 그때를 함께한 사람과 나눌 때 더욱더 뜻깊다.

남편은 덜덜 떨리는 손으로 탯줄을 잘랐고, 나는 모체와 분리된 짧은 순간 의지할 곳을 찾아 헤매는 그 작은 생명에게 심장 소리를 들려주었다. 서로의 심장이 맞닿자 아기는 우렁차게 울어대던 두려움의 비명을 뚝 그치고 온몸으로 엄마를 느끼며 평안해졌다. 본능적으로 오물거리는 생동감 넘치는 그 작은 입에 젖을 물려주었다. 아기는 태중에서 탯줄을 의지했듯 세상에 나와서는 엄마 젖에 온 힘을 집중했다. 아기가 처음 젖을 물던 순간, 엄마로서의 자아가 싹트기 시작했다.

세 번의 출산을 했다. 우리의 첫아기는 역아여서 제왕절개를 해야 했다. 아이가 세상에 나온 그 감격스러운 순간을 남편과 함께 나누지 못했기에 아쉬움이 남았었다. 너무나 감사하게도 둘째는 '브이백(VBAC: 예전에 제왕절개수술을 했던 산모가 자연 분만을 시도하는 것)'을 했고 남편은 출산 과정에 함께할 수 있었다. 해산 직후 아기를 본 순간 터져 나온 기쁨의 눈물은 고통의 신음을 즉시 잠재웠다. 우리는 흐릿해진 시야로 서로의 기쁨 가득한 얼굴을 보았다.

남편과 내가 동시에 느꼈을 인생 최대 환희의 순간은, 열 달 동안 정성껏 품었던 우리 사랑의 결실을 품에 안던 날임을 믿어 의심치 않는다. 엄마, 아빠가 되어 느끼는 기쁨은 세상 어떤 것과도 맞바꿀 수 없을 만큼 강력했다. 웃는 것만으로는 표현이 불가능한 '어떤 기쁨'은 주로 눈물을 유발한다. 우리가 결혼한 날에도, 아이를 낳던 날에도 느꼈던 그 '어떤 기쁨'은 세 아이를 양육하면서 일상이 되어버렸다. 내가 그토록 눈물이 많은 이유다. '어떤 기쁨'은, 나날이 쌓이고 쌓여 때로는 고된 삶 속에서 흐르는 눈물을 해일처럼 덮어버리고 거뜬히 이겨낼 힘을 준다.

8 매일 1mm의 성장을 꿈꾸다

이성에 눈을 떴을 때부터 이상형은 늘 이지적인 사람이었다. 내가 너무 감성적이라 그랬는지는 모르겠으나 이성적이고 똑똑한 사람이 참 멋져 보였다. 잘생기고 예쁜 외모보다 지성미를 동경하니 나도 그런 사람이 되려고 노력했다. 아줌마를 흔히 수다스럽고 억척스러운 이미지로 많이 표현하는데 나는 지적이고 교양 있는 아줌마가 되고 싶었다. 벼가 익을수록 고개를 숙이듯 지성과 겸손을 갖춘 아름다운 여인, 그저 꿈만으로 그치지 않기를.

학창 시절 도서관 가는 걸 좋아했다. 물론 공부보다 친구들과 어울리는 시간이 좋았다. 철이 없어서 도서관에 가면 놀기도 하고 공부도 한 것 같아 뿌듯했다. 학생은 당연히 공부해야 한다는 암묵적 분위기에서 으레 책상에 앉아 끙끙댔었다. 학교 공부한다고 정작 중요한 독서를 하지 않았는데 그땐 책이 주는 유익과 재미를 미처 알지 못했기에 아쉬움이 남는다. 해야만 하는 공부에서 좋아하는 공부를 할 수 있게 되자 책 읽을 마음의 여유가 생겼고, 독서야말로 나를 더 멋진 사람으로 만들어 줄 거라고 확신했다.

엄마가 되니 자연스럽게 육아서에 집중했는데 여러 권을 섭렵하고 내린 결론도 역시 책이었다. 내가 아이들에게 가장 잘해줄 수 있는 것도 책 읽어 주기였고, 책을 좋아하는 아이들로 자라길 바라는 마음이 컸다. 잠자리 동화는 첫째가 아기 때부터 시작해 막내가 아홉 살인 지금까지도 하는 가장 중요한 일과 중 하나다. 육아로 내 책 읽을 시간은 줄었지만, 아이들에게 책 읽어 주며 함께 나눈 시간 속에서 훨씬 귀한 것을 얻을 수 있었다. 책 육아 14년 또한 나를 성장시켰다고 믿는다.

책은 일상생활과 아주 밀접해 있으며 모든 것에 영향을 끼친다. 한 글자 한 글자가 기가 막힌 조합을 이루어 의미 있는 문장이 되고, 문장들은 때로는 지식을, 때로는 감동을 주며 내 삶을 파고든다. 긍정하고 감사하는 삶 또한 책을 통해 얻은 것이다. 잠깐이라도 틈이 생기면 기꺼이 책을 펼친다. 글

을 쓰기 시작하니 책이 더 절실하다. 시공간을 초월해 다양한 경험을 선사하기 때문이리라. 이렇듯 책은 글을 낳고, 또 다른 책이 된다.

다른 무엇이 아닌 '책'을 좋아하는 내가 참 좋다. 읽고 싶은 책이 왜 이렇게 많은지, 행복하고 감사하다. 책을 즐겨 읽고, 글을 쓰고 있는 내 모습에서 지성미를 발견한다. 순간순간 조용히 마음의 양식을 쌓는다. 책을 읽다 보면 온갖 선한 생각이 나를 사로잡는다. 지적인 사람이 되고 싶어 책을 가까이했는데 어느덧 남에게 유익을 주는 삶을 열망한다. 이제 따뜻함을 전하는 다정한 작가를 꿈꾼다.

전주연

매일 성장 중(-ing)

1

딸이라는 이름

"몸은 괜찮니? 무리하지 마라."

"네."

무심한 듯, 무심하지 않은 듯 오랜만에 '딩동' 울리는 엄마의 문자. 거기에 단답형으로 짧게 답하는 무뚝뚝한 나. 매일 전화해서 알콩달콩 일상을 나누는 모녀 사이는 아니지만, 한 번씩 이렇게 생존을 묻는 문자로 엄마는 자신의 사랑을 큰딸인 나에게 표현하신다. 정말 신기하게도 엄마가 문자를 보내실 때면 나는 몸과 마음이 힘든 상황에 놓여있는 경우가 많다.

이번에도 그랬다. 작은 수술을 막 앞두고 있었던 시기였다. 탯줄은 그 옛날 병원에서 떼어졌지만, 보이지 않는 끈이 여전히 엄마와 나 사이에 묶여 있는 건 아닐까? 나에게 엄마는 그런 존재다. 내가 일부러 말하지 않아도, 물리적으로 떨어져 있어도, 이 세상에서 내 상황을 나보다 더욱 잘 알고 있는 사람.

어릴 때 나는 애교 많은 동생들에게 엄마를 뺏겼다는 생각에 엄마를 원망했다. 셋 중에 누가 제일 좋으냐는 질문에, 엄마는 단 한 번도 명쾌한 대답을 주지 않으셨다. 그 대신 "열 손가락 깨물어 안 아픈 손가락 있니?"라는 모호한 말만 남기셨다.

사실 나는 알고 있었다. 엄마에게 나는 아픈 손가락이라는 것을. 엄마는 중매로 아빠를 만나 상경하여 풍족하지 않은 신혼 시절을 보내셨다. 나는 어려서부터 잔병치레가 많은 약한 아이였다. 그리고 마흔이 훌쩍 넘은 지금, 두 딸의 엄마가 되어있지만 여전히 엄마에게 나는 마음을 놓지 못하는 자식이다.

사실 나는 결혼 후에도 엄마에게서 완전히 독립하지는 못했다. 출산 후에도 일을 놓을 수 없는 딸을 위해 엄마는 아예 우리 집에서 칠 년을 함께 살아 주셨다. 아쉽게도 엄마와의 동거는 첫 조카의 출산으로 끝이 났다. 혼자 빨래를 개다가, 끼니를 챙기다가도 갑자기 왈칵 눈물이 났다. 오늘도 잘 지냈냐는 엄마의 문자 한 줄에 답장도 못 하고 숨죽여 꺽꺽 울기 일쑤였다. 함께 살 때는 고마움을 표현하지 못했던 이기적인 딸내미. 엄마 없이 두 딸을 키우고 집안일을 하며 나는 그제야 엄마로부터 정서적인 독립을 시작했다. 그 과정은 참 서툴렀지만, 내 딸들을 위해 그렇게 홀로서기를 해나갈 수밖에 없었다. 엄마의 흔적을 느끼며 하나씩 엄마 흉내를 내기 시작하면서 말이다.

지금도 나는 매일 엄마 노릇이 가장 힘들다. 우리 엄마는 삼 형제를 어떻게 키우셨는지 엄마가 되고 보니 존경하는 마음이 절로 생긴다. 나도 엄마가 주신 사랑과 인내의 절반만이라도 닮아 두 딸에게 좋은 엄마가 되고 싶다.

오랜만에 우리 집에 놀러 오신 엄마가 그 옛날의 나처럼 질문하셨다.

"어느 딸이 더 예쁘냐?"

나는 쉽게 대답하지 못했다. 아, 그래서 엄마가 그때 그렇게 말씀하셨구나. 이제 조금씩 과거의 엄마가 이해된다. 그리고 이제는 엄마의 아픈 손가락이 아닌, 생각만으로도 듬직한 장녀가 되고 싶다. 오늘은 꼭 내가 먼저 엄마에게 안부 전화를 드려야겠다.

2

아내라는 이름

우리 동네에는 특별한 식물원이 있다. 평소에는 식물원이지만 장소 대관을 하여 이벤트를 많이 하는 곳이다. 나는 매일 지나다니기에 그곳에 관심이 별로 없지만, 남편은 좀 다르다. 평소 말이 잘 없는 남편은 그곳이 이번엔 진짜 식물원이 아니라 업종이 바뀌는 건 아닐까라며 탐정 놀이에 열중했다. 이야기를 가만히 듣다 이런 말이 나도 모르게 툭 튀어나왔다.

"자기는 저 식물원에 참 관심이 많다. 아내한테는 그렇게 관심이 없는 것 같은데."

이런 내 말에 돌아오는 그의 말은 할 말을 잃게 했다.

"저기는 변화가 있잖아. 달라지는 게 눈에 바로 보이잖아."

소개팅으로 만난 우리가 이렇게 결혼까지 이어질 줄은 몰랐다. 첫 만남에 한 시간 이상 늦은 이 남자를 기다리지 않고 집에 바로 갔었다면 과연 우린 어떻게 되었을까? 다음 약속을 잡아 다시 만났을 수는 있다. 하지만 만약 결혼하지 않았다면? 가끔 이런 생각도 재미있다.

결혼 전 우리의 모습은 참 풋풋했다. 연애 세포 제로였던 남자는 늘 내 이야기를 웃으며 잘 들어줬다. 이 남자와 함께라면 무엇보다 내 마음이 편할 줄 알았다. 하지만 결혼하고 하루 종일 신랑 퇴근만 기다리던 신혼생활은 내가 꿈꿨던 결혼이 아니었다. 매일 회사 스트레스가 많았고, 내 집 마련의 꿈을 위해 야근을 밥 먹듯이 하던 그가 그때는 그렇게 원망스러웠다. 그래도 중간마다 고비가 있었지만 무던하게 잘 지내온 우리다. 우직한 소처럼 그렇게 둘이 열심히 살다 보니 벌써 결혼 14년, 서울 한복판에 다리 뻗고 누울 집이 있고, 우리 곁엔 사랑스러운 두 딸이 있다.

우리 부부는 여전히 매일 바쁘다. 퇴근이 늦은 남편, 집에서 아이들 키우며 프리랜서로 일하는 나, 우리 둘은 평일에는 주로 전화 통화 및 문자로 대화한다. 대화는 늘 아이들에 관한 이야기로 가득하다. 그래서일까? 며칠 전 큰아이가 엄마 아빠는 왜 같이 있으면서 대화를 안 하냐고 볼멘소리를 했다. 아하! 우리는 보통 아이들 없을 때 필요한 이야기를 다 해서 아이들 앞에서는 이야기를 특별히 많이 한 적이 없던 거다. 12살 아이 눈에 엄마, 아빠가 다정하게 서로 이야기를 하지 않고 맨날 티격태격만 하는 것이 불만이란다. 자기들 있을 때 뽀뽀도 하고 좀 사이좋게 지냈으면 좋겠다고. 우리 애교쟁이 큰딸, 네가 엄마 아빠의 큐피드구나!

연애할 때 너무 말라서 그렇게 내 걱정을 하던 남자친구는 너무 살이 찐 지금의 나를 구박하는 남편이 되었다. 세월

이 흐르면서 겉모습도 변하고, 많은 것이 변해 가고 있다. 함께 산 세월 동안 내가 남편에게 실망한 것보다 어쩌면 더 많이 그가 나에 대해 실망했을지도 모른다. 하지만 아직 사랑하며 살 더 많은 날이 남아 있다. 서로 있는 그대로의 모습을 받아들이고 이해하고, 그러면서도 각자의 관심사는 존중하는 인생의 동반자로 살아갔으면 한다. 그리고 아이들 앞에서 조금 더 다정한 모습을 의식적으로라도 보여 주다 보면 혹시 아나? 진짜 다정한 사이가 될 수 있을지도. 내일은 꼭 늘어난 티셔츠를 벗고 미소로 그를 배웅하는 것부터 시작해 보련다. 두근두근. 과연 그는 나의 변화를 알아차릴 수 있을까?

3

엄마라는 이름

어릴 때부터 아이들을 좋아했던 나는 감사하게도 전공도, 직업도 아이와 관련된 일을 하며 살고 있다. 결혼 전 일터에서 만난 많은 어머님은 내게 항상 이런 말씀을 하셨다.

"선생님은 나중에 아이 태어나면 정말 잘 키울 것 같아요."

사실 나도 꽤 자신이 있었다. 하지만 이상과 현실 사이에는 당연히 괴리가 있기 마련이다. 전공 책에는 쓰여 있지 않은, 24시간 대기조의 현실은 정말 너무나 달랐다.

결혼하고 자칭 '준비된 예비 엄마'였지만, 큰아이를 쉽게 만날 수는 없었다. 난임 치료를 받기 시작하면서 몸과 마음은 점점 지쳐만 갔다. 그냥 아이 없이, 딩크족으로 사는 것도 나쁘지 않겠다고 마음을 비울 무렵, 기적처럼 나는 엄마가 되었다. 임신과 출산, 어느 하나 쉽지 않았지만, 육아에 비할 수는 없었다. 양가 도움 없이 오롯이 혼자 아이를 키웠던 10년 전의 어린 나. 매일 잠이 부족했고, 몸은 피곤함에 찌들었다. 일을 못 하게 된 상실감에 시름시름 마음 또한 병들어갔다. 그렇게나 아이들을 좋아했지만, 큰딸이 예쁜 줄 모르고 하루하루 근근이 버텼다.

지친 어느 날, 정신을 차려보니 아이가 말을 하고, 내 곁에서 자라고 있었다. 하루 한 가지 이상 놀라움을 주던 딸. 다시는 돌아오지 않을 황금 같은 시기를 놓치기 싫어 엄마표로 하나씩 봐주기 시작했다. 전공을 살려 영어 노출을 일찍부터 시작했고, 그 과정을 블로그에 적으면서 기쁘게도 블로그 이웃이 늘어났다. 다행히 아이는 내 기대만큼 잘 따라와 주었고 우리는 좋은 팀이 되었다. 돌이켜보면 내 욕심에 아이를 힘들게 한 시간도 많았지만 나도 엄마 노릇이 처음이지 않은가? 주어진 환경 내에서 아이를 위해 정말 열심히 달려왔기에 후회는 없다. 그 시간이 있었기에 나도, 큰애도 단단하게 자랐다고 믿는다. 다행스럽게도 나는 매일 '내려놓음' 또한 배우고 있다.

큰아이가 5살이 되어 새 아파트로 이사를 오고 나서야 둘째가 생겨도 괜찮겠다는 마음의 여유가 생겼다. 때마침 큰아이는 동생을 낳아달라며 매일 졸라댔다. 늦은 나이였지만 감사하게도 계획한 대로 작은애가 바로 생겼고, 둘째는 태어나서 지금까지 뭐든 꽤 수월한 편이다. 터울이 있어 내 몸이 힘든 것 외에는 키우는 데 어려움을 크게 느끼지 못한다. 내리사랑이 바로 이런 건지, 둘째는 마냥 귀엽고 예쁘다. 큰아이는 대견하게도 동생에게 영어책, 중국어책까지 읽어 주며 동생을 귀여워한다. 물론 한 번씩 자기가 괜히 동생을 낳아 달라고 했다며 통곡을 하고 울기도 하지만 나는 안다. 둘은 시간이 좀 더 지나면 분명 세상에 둘도 없는 사이좋은 자매가 되리라는 것을 말이다.

코로나19로 기관에 보내지 못하면서 우리 셋은 어느 때보다 살을 많이 비비며 서로의 존재에 감사함을 느끼며 지낸다. 땀 냄새 폴폴 풍기는 내 옷에서 좋은 엄마 냄새가 난다며 서로 냄새 맡겠다고 티격태격하는 아이들. 하루에도 몇 번씩 아이들에게서 사랑 고백을 받는 나. 매일 아이들 때문에 웃고 우는 나는 참 행복한 엄마다.

사회인으로서의 이름

처음부터 선생님이 되고 싶었던 것은 아니었다. 막연히 나와 맞을 것 같아 선택한 대학 전공이 운 좋게 참 잘 맞았다. 다양한 경험을 쌓고 싶어 전공과 관련 있는 아르바이트도 틈날 때마다 해 봤다. 유치원 보조 교사, 베이비시터, 과외, 수업 자료 제작 등등 졸업 전에 사회 경험을 조금은 해 본 나였지만 역시 우물 안 개구리이자, 온실 속의 화초였다. 매달 남의 돈을 꼬박꼬박 받는 사회인이 된다는 것은 상상을 초월했다.

동기들처럼 보육교사 또는 유치원 선생님이 아닌 조금 다른 일을 해 보고 싶었다. 운명처럼 취업 설명회에서 설명을 듣고 반하게 된 회사에 졸업 전에 취직했다. 부푼 꿈을 가지고 시작하게 된 나의 첫 직장. 프로그램을 진행하는 교사 역할 자체는 재미있었다. 배우는 것을 좋아하는 나는 다양한 프로그램을 소화하기 위해 남들보다 많이 노력했다. 하지만 상사나 선배의 텃세란 사회 초년생인 내가 감당하기 어려운 수준이었다. 사람으로 인한 스트레스는 몸이 힘든 것보다 더 힘든 일이다. 그래도 버텼다. 일이 재미있었고, 아이들이 예뻤기 때문이다.

첫 월급을 받아 들고 직장 근처 백화점에 가서 엄마 옷을 사 드렸다. 비싼 옷은 아니었지만, 엄마가 많이 기뻐하셨던 모습이 아직도 생생하다. 엄마는 한참 동안 그 옷을 간직하셨다. 그랬다. 마음은 힘들어도 매달 꼬박꼬박 나오는 월급에 감사하며 일했다. 다행히 해가 지날수록 일도 손에 익고 여린 내 마음도 단단해졌다. 아이들을 가르친 지 4년 차, 모든 것이 편해지고 쉬워지면서 무료해지기 시작했다. 그때 나에게는 무언가 새로운 돌파구가 필요했다. 새로운 사회 속에 나를 던지기로 한 것이다.

2006년 필리핀 세부로 훌쩍 떠났고 3개월 후 바로 캐나다 벤쿠버행 비행기를 탔다. 이번에도 처음부터 영어 교육으로 직업을 바꿔야겠다는 목표로 시작한 일은 아니었다. 어릴 때부터 영어가 좋았고, 이때가 아니면 다시는 내 인생에 기회가 없을 것 같다는 생각으로 도전했다. 그곳에서도 독종이라는 말을 들으며 누구보다 성실하게 공부했다. 그리고 1년을 채우지 못하고 한국으로 돌아온 후 현재까지 영어 교육 현장에 몸담고 있다. 10년도 훨씬 넘게 말이다.

한국으로 돌아와서 영어 강사 일이 익숙해질 무렵 시작한 영어 교육 전공 석사는 나에게 또 다른 도전이었다. 영어 비전공자가 영어로만 진행되는 강의를 듣고, 영어로 발표해야 했던 치열한 석사 공부. 이 새로운 사회에서도 나는 꿋꿋하게 살아남았다. 현장 경험과 이론 정립을 바탕으로 대학원 졸업 후에는 프리랜서 강사, 예비 영어 강사 및 현직 영어 강사를 위한 트레이너로 활동하고 있다. 지금은 완전한 경력단절 여성은 아니지만 그렇다고 완전한 사회인의 삶은 아닌 어정쩡한 삶을 사는 중이다.

오늘도 난 아이들이 모두 잠든 밤, 완전히 감을 잃지 않기 위해 최소한으로 일을 하며 다시 날개를 온전히 펴게 될 그 날을 꿈꾼다. 앞으로 어느 사회에 속하게 될지라도 이제 두려운 것이 없고, 못 할 일도 없다. 열려있는 미래가 나를 설레게 만든다.

5

'나'라는 사람

큰아이가 초등학생이 되고 내 마음에 차지 않는 행동을 할 때마다 "엄마 어릴 때는 안 그랬어."라는 말부터 나온다. 사실이다. 친정엄마가 나를 가장 자랑스럽게 생각했던 시기가 초등학생 때였다. 나는 반장, 부반장을 도맡아 하며 초등 6년을 잘 보냈다. 하지만 식상한 이야기의 주인공처럼, 사춘기가 내 발목을 잡았다. 중학생이 되며 떨어진 성적은 친구들을 쉽게 따라잡기 어려울 만큼 바닥에 오래 머물렀다. 독서실에서 거의 먹고 자고 했지만 역부족이었다. 잘하고 싶은 마음만큼 몸이 따라 주지 않아 자주 아프기도 했다. 엄마는 내게 건강하게만 크라며 늦은 시간 불이 켜진 내 방 불을 끄고 가기도 하셨다.

나는 공부가 좋았고, 늘 잘하고 싶었다. 무엇보다 공부와 관련해서는 내 한계를 인정하고 싶지 않았다. 다행히 성적은 고등학생이 되어 오르기 시작했지만, 수능 시험 실패로 갈 수 있는 학교가 없었다. 인생에서의 첫 실패, 너무나 큰 충격으로 나는 한 달 넘게 방에서 누워만 지냈다. 이런 나를 세상 밖으로 꺼내 준 것은 바로 엄마였다. 엄마가 나 몰래 입학 원서를 넣은 학교로 마지못해 진학했고, 공부에 대한 열망으로 편입을 했고, 사회인이 된 후 캐나다로 유학을 하러 갔다. 돌아와서 일하면서도 공부가 부족하다는 생각에 대학원 석사 공부를 마쳤다. 그리고 언젠가 외국에서 박사 공부를 하는 나를 꿈꾼다. 공부에 대한 갈망은 아마 죽을 때까지 버릴 수 없을 것 같다.

첫 번째 사춘기를 혹독하게 보낸 나, 마흔이 넘어 두 번째 사춘기가 시작되었다. 그동안 천직이라고 믿고 일에 몰두했던 나를 다 버리고 싶어졌다. 아이들 가르치는 일을 잠시 멈추고 온갖 새로운 것들을 배우기 시작했다. 이모티콘 만들기, SNS 시작과 활용, 블로그 마케팅, 스마트스토어, 주식, 글쓰기 등 이것저것 배우는 데 혈안이 되었다. 주변에서는 우려의 말을 많이 했다. 제일 잘하는 일을 왜 안 하고 다른 곳에서 나를 찾느냐고, 시간과 돈 낭비 그만하라는 우려였다. 하지만 이런 나도 나는 참 좋다. 그리고 그 '낭비'를 했기 때문에 이제는 다시 아이들을 가르치고 싶다는 마음이 확고해졌다. 공백을 깨고 수업을 시작하고 나니 내가 이 일을 참 잘하고, 즐기고 있음을 깨닫게 되었다.

참 열심히 살아 온 나다. 이제는 조금 쉬어도 될 것 같은데 온라인 영어 스터디를 만들고 매달 사람들과 북적북적 공부를 하고 코칭을 한다. 힘든 길을 왜 굳이 가려는 걸까? 나는 무엇을 위해 이렇게 쉴 새 없이 달리는 걸까? 중요한 것은 일하고, 육아하고, 공부하며 끊임없이 나를 바쁘게 만들면서 스스로 살아 있음을 느낀다. 그렇기 때문에 이 여정을 쉽게 멈출 수 없을 것 같다. 아직 파릇파릇한 이 에너지를 더욱더 많은 사람과 소통하며 나누고 싶다. 그렇게 사는 삶이 현재 내가 선택한, 내가 바라는 삶이다. 사실 언제까지 할 수 있을지는 모른다. 하지만 하는 동안만큼은 늘 그렇듯 최선을 다할 것이다. 열정 가득 전주연, 그게 바로 나니까.

6

가끔은 화남

얼굴이 벌겋게 달아오른다. 콧구멍에서 뜨거운 바람이 나오기 시작한다. 눈꼬리가 잔뜩 위로 올라간다. 눈에서 레이저가 뿜어져 나온다. 입에서는 바로 후회할 말이 쏟아진다. 또 화가 났다. 화가 자주 나는 편이지만 그래도 나름 잘 참고 살았던 나다. 하지만 엄마가 된 후 수면 아래 잠자고 있던 화가 시도 때도 없이 올라온다.

화는 인간의 자연스러운 감정이다. 하지만 아이들과 24시간 함께하는 엄마이기에, 내 감정을 분출시키는 방법이 문제가 될 수 있다. 내가 몸이 힘들거나 피곤하면, 평소에는 그냥 넘어갔던 아이들의 작은 행동에 화가 난다.

어제도 갑자기 화를 내자, 작은아이의 눈 주변이 금세 빨개졌다. 반짝반짝한 두 눈으로 아무 말 없이 나를 가만히 쳐다보는 아이. 그 모습에 화들짝 놀라 엄마가 화내서 미안하다고 사과를 했다. 큰애는 이미 화내는 엄마가 익숙하다. 넉살 좋은 녀석은 엄마가 아무리 화를 내도 그러려니 한다. 화를 낸다고 아이가 달라지지 않는데 내가 계획하고 생각했던 방향으로 진행되지 않을 때 화가 더 난다. 심호흡이 절대적으로 필요한 순간, 이럴 때 생각나는 그림책이 있다.

Bang, Molly의 『When Sophie Gets Angry–Really, Really Angry』이다. 동생 때문에 화가 난 소피는 무작정 밖으로 나와 한참을 뛴다. 뛰다 보니 마음이 편안해진다. 큰 나무에 올라가 바다를 내려다본다. 이제 소피는 가벼운 발걸음으로 집으로 돌아간다. 시간이 지나면 화가 났던 마음도 누그러든다.

어릴 때는 죄송하게도 엄마에게 화를 많이 풀었다. 머리가 커진 후로는 화가 나도 그냥 참는 순간이 더 많아졌다. 누구에게도 말을 못하고 혼자 화를 삭였다. 해결하지 못한 화가 병이 되어 몸이 자주 아프기도 했다. 화를 내도, 내지 않아도 쉽지 않은 삶이다.

요즘 나는 내 시간 없이, 아이들과 집에만 있으면서 화를 더 자주 내고 있다. 그래서 더 조심해야겠다는 생각을 한다.

화가 나는 마음이 삐죽이 올라올 때 마음속으로 일단 1, 2, 3 … 숫자를 센다. 화가 나서 잔소리가 턱밑까지 올라올 때면 껌을 질겅질겅 씹거나 혀를 꽉 깨문다. 아이들 잘 때 로맨틱 코미디 영화를 보며 배꼽 잡고 실컷 웃거나, 좋아하는 노래를 고래고래 부르기도 한다. 읽고 싶은 책을 실컷 읽거나 영어 공부를 하는 것도 도움이 된다.

최소한 아이들 앞에서만큼은 화를 조절할 수 있는 엄마가 되도록 나만의 필살기를 좀 더 찾아야겠다. 화를 내지 않고 살 수는 없지만, 나의 화로 다른 사람이 상처를 받으면 안 된다. 잊지 말자. 화는 타인 때문이 아닌, 내 안에서, 내가 만들어 낸다. 모든 것은 내 마음먹기에 달렸다.

7

그 안의 기쁨

"엄마가 출장 갔다가 돌아오던 날, 정말 기뻐서 울었어요."

내게 기쁜 날이 언제인지를 떠올려 보다 무심코 물어본 큰아이에게 받은 대답이다. 전혀 예상하지 못했던 대답인데다, 내 기쁨 리스트에 적힌 한 줄을 보고 피식 웃음이 났다. 나는 북경으로 영어 선생님을 위한 강의를 하러 갔을 때 기뻤다. 그런 나와는 반대로 아이는 2박 3일 엄마와 떨어져 있었던 것이 힘들었고, 다시 만난 엄마가 참 반가웠나 보다.

"아이들 태어났을 때? 내가 노래도 불러줬잖아."

같은 질문에 14년을 같이 산 남편에게 받은 대답이다. 아이들이 태어났던 날, 사실 나는 너무 힘들고 아파서 기쁜 줄도 몰랐다. 첫째 때는 무려 14시간을 넘게 진통했다. 아이가 건강하다는 것을 확인한 후 안도의 눈물을 흘렸었다. 하지만 남편 말이 맞다. 그날은 기쁜 날이다. 이 땅에 태어나 나에게 엄마라는 이름을 붙여준 날이니.

천방지축으로 까불거리고 다니던 어릴 때는 감정 표현이 굉장히 자유로웠다. 기쁘면 아주 크게 웃고, 슬프면 펑펑 울었다. 그런데 어느 순간 감정을 숨기거나 어떠한 일이 닥쳐도 큰 동요 없이 무덤덤해진 낯선 나를 발견하게 된다. 왜 이렇게 메말랐을까 속상한 마음이 가득하다. 작은 일에 기뻐하는 마음을 다시 가지고 싶어 나에게 기쁜 날을 한참 생각해 봤다.

1. 중1 때 용돈 모아 좋아하는 가수의 콘서트장에 처음 갔던 날
2. 대학교 졸업 전에 취업 합격 소식을 들은 날
3. 순수한 남자친구에게 청혼 받은 날 (나=첫 여자친구)
4. 캐나다 테솔TESOL-C에서 1등 우수학생으로 뽑혔던 날
5. 말도 많고 탈도 많았지만, 그래도 참 기뻤던 결혼식 날
6. 떨어졌다고 생각하고 실컷 위로 여행 갔다가 대학원 합격 전화를 받은 날
7, 임신 테스트기에 두 줄을 봤던 날

8. 강남에 우리의 첫 보금자리가 생겼던 날
9. 큰아이가 처음으로 수학 단원 평가에서 100점을 맞아 온 날
10. “엄마가 세상에서 제일 좋아.”라는 고백을 받은 날

이 중 내가 살아 있음을 느끼게 해 주는 것은 바로 마지막 열 번째. 하루에 한 번 이상 아이들에게 돌아가며 매일 듣는 말이지만 아무리 들어도 질리지 않는다. 이런 기쁨을 선물해 주는 아이들이 참 고맙다.

지치는 날도, 힘든 날도 많지만 기쁜 날에 대한 추억으로 또 힘을 내어 본다. 그리고 이제는 살면서 작은 배려에도 고마움과 기쁨을 느끼는 내가 되고 싶다. 내일 아침에는 여섯 살 막둥이에게 가장 기뻤던 날이 언제인지 물어봐야겠다. 어떤 대답을 듣게 될지 정말 기대된다. 하루하루가 기쁜 우리로 살자.

8

매일 1mm의 성장을 꿈꾸다

꼬마 시절 기억 속 아빠의 손에는 늘 책이 있었다. 엄마는 빠듯한 살림을 줄여 우리 집 책장을 채워 주려 노력하셨다. 이런 두 분의 노력으로 나는 자연스럽게 책을 좋아하는 아이로 컸다. 동네 친구 집에 놀러 가면, 그 집에 어떤 책이 새로 들어왔는지를 먼저 알아차리고 책장 앞을 떠나지 않았다고 한다. 책을 읽으면 시대를 막론하고 내가 주인공이 되어 어디로든 여행을 떠날 수 있어 좋았다. 초등 방학마다 몇 시간씩 책에 파묻혀 몇십 권의 전집을 끝마쳤다. 그렇게 책을 좋아했다.

책을 빠르게 읽고 핵심을 파악하는 능력은 한순간에 이루어지지 않는다. 책 읽는 즐거움을 다행히 어릴 때부터 서서히 알게 된 나는 늘 국어 시간이 좋았고, 시간 내어 책도 열심히 읽었다. 덩달아 영어도 어렵지 않게 공부했다. 소위 문해력이 좋은 아이였다.

초등학교 고학년 때부터 도서관에 혼자 다니기 시작했다. 책을 통해 지식을 확장해 가며 공부가 점점 재미있어졌다. 도서관에서 알고 싶은 주제의 책들을 여러 권 찾아가며 깊게 공부하는 것이 좋았다. 너무나 빠르게 돌아가는 세상, 나는 종종 그렇게 아날로그로 공부하던 어린 시절을 회상해 본다. 요즘은 어디서든 손쉽게 클릭 한 번으로 정보를 찾을 수 있어 책의 소중함이 덜 느껴지지만 아직은 옛날 방식이 더 좋을 때도 많다.

"공부가 제일 쉬웠어요."

사회생활을 한 이후로 이 말에 200% 공감하게 되었다. 배움에 대한 욕구가 충족되었을 때의 기쁨, 공부하면 할수록 이것만큼 어렵고도 또 쉬운 일이 없다. 공부는 정직하다. 게으름을 피울 수 없다. 열심히 한 만큼 성과가 나오기 때문이다. 공부의 단맛은 중독성이 강하다. 그래서일까? 나는 마흔이 넘은 지금도 공부에 미련이 참 많다. 그래서 매일 새벽에 일어나 EBS 교육 방송을 들으며 영어 공부를 하고, 원서 읽기 모임을 2년 넘게 진행하며 함께 책을 읽는다. 이 공부의 즐거움을 나의 아이들도 자연스럽게 알아차리게 되기를 바란다.

15년 넘게 한 분야에 종사하면서 나의 관심사는 좁고 깊다는 것을 느낀다. 그래서 요즘은 의식적으로 내게 편안한 안락구역comfort zone에서 벗어나려 노력하고 있다. 우선은 내가 잘 알고 있는 지식을 다른 사람에게 전하는 일을 게을리하지 않으려 한다. 콘텐츠 개발에 신경 쓰면서 지식을 사회에 환원하는 일을 하고 싶다. 또한 관심사가 아니었던 분야에도 부쩍 관심을 기울인다. 어려워서 그냥 덮었던 경제 기사도 읽고, 경제 관련 도서도 천천히 읽는 중이다. 비록 예전만큼 반짝반짝 쉽게 배우지는 못하더라도 친숙해지는 것부터 시작하다 보면 또 길이 열릴 것이라 믿는다. 아무리 인공지능이 발달하더라도 인간이 배워야 하고 익혀야 하는 것들은 분명 존재한다. 그래서 나는 오늘도 느리지만 꾸준히 배우는 삶을 살아가고 있다.

사랑愛을 쓰는 사람들

주부로서 일상을 살지만 한 번도 그 안을 자세히 들여다본 적이 없었다. 자세히 보아야 예쁘다고 했던가. 멀리서 볼 땐 그저 초라하고 푸석한 주부였지만 가까이 보니 하나하나 빛나고 예쁘기 그지없다. 진짜 주부의 삶. 우리만 아는 이야기. 눈물, 웃음, 끄덕임, 토닥임까지도 많은 이들과 함께하고 싶다. - 선이

주부로 살지만 주부의 삶을 생각해 본 적이 없었다. 친정엄마의 도움으로 아이들을 키웠던 불량주부였기에 주부라 하기 부끄러웠다. 각자의 자리에서 최선을 다하는 세상의 모든 주부들에게 애썼다고 위로의 말을 해주고 싶다. 나만 그런 줄 알았는데 알고 보니 모든 주부의 삶이었다. 그래서 더 공감 가고 위로가 되는 듯하다. - 서현자

드디어 에필로그를 쓰는 시간이 왔다. 한 권의 책을 완성하니 한 꼭지 한 꼭지를 쓸 때마다 느꼈던 생각과 감정이 스쳐 지나간다. 그 계절의 장면과 향기도 떠오른다. 나는 나이자 주부, 아내, 엄마, 딸, 선생님 등 수많은 색을 가지고 산다. 주부 일상을 글로 쓰며 웃기도 울기도 했다. 평범한 하루가 더 소중해졌다. 책을 쓴다는 것은 나를 살리고 남을 살리는 일이란 것을 알아가는 요즘이다. 더 좋은 사람, 더 다정한 사람, 더 따뜻한 사람이 되어야겠다 다짐해 본다.

- 엄채영

여기 앞치마를 두른 채 펜을 들기로 작심한 여자들이 모였다. 각자 다른 삶을 살아온 그녀들에게 결혼과 동시에 주어진 찬란하고도 서러운 명함, 주부. 그 동일한 껍질 속 저마다의 내면을 들여다보는 작업은 삶의 진정한 의미와 기쁨, 가족의 사랑을 오롯이 깨닫게 해 주는 여정이었다. 힐링맘스의 각양각색 이야기가 세상 모든 주부들에게 위로와 치유의 시간을 선물하기를 간절히 바란다.

- 오연지

책 쓰기는 버킷리스트 중 하나였다. 품고 있었던 꿈이 말로 전달되는 순간 현실이 되었다. '응답하라, 3040주부!' 출간 기념회를 통해 힐링맘스를 만나게 되었고, 글을 쓰기 시작했다. 나를 마주하는 시간과 떼려야 뗄 수 없는 주부들의 일상을 돌아보는 시간은 그 자체로 힐링이 되었다. 평범했던 일상이 의미 있게 다가오는 기쁨을 맛보았다. 힐링맘스 작가님들과 함께했기에 든든했고, 모인 시간은 추억이 되었다. 이 세상의 주부들을 온 마음을 다해 응원한다.

- 윤미

10년이 넘도록 주부였으나 한 번도 나를 주부라고 누군가에게 소개한 적이 없었다. 그래서 그 일상을 내가 쓸 수 있을지 걱정되었지만, 무엇이든 쓰고 싶어서 책 쓰기를 시작했다. 글을 쓰기 위해 내 일상을 더 깊이, 더 진하게 들여다보기 시작했다. 그러다 보니 그저 그렇던 날들, 하루하루가 그날 같던 일상에 반짝거리는 무언가를 찾아내기 시작했다. 내가 그것에 의미를 주고 관심을 주자 내 삶이 한결 사랑스러워지기 시작했다. 우리의 삶을 누군가에게 인정받을 필요는 없다. 내가 내 삶을 빛나고 아름답게 받아들이면 그뿐이다. 그렇게 우리의 삶이 충분하다고 나를 포함한 주부들에게 말하고 싶다.

- 이은미

10년 만에 전업주부라는 옷을 벗고 사회로 나와 정신없이 적응하고 있던 차에 처음 공저 제의를 받았을 때는 '내가 할 수 있을까?' 하는 생각에 두려움이 있었다. 개인적으로 가장 신경 쓸 일도 많고 바빴던 정신없는 와중에 쓴 글들이 책으로 나오다니 믿기지 않는다. 새로운 일에 도전하는 즐거움이 나의 이야기를 쓰게 만들었고 녹록지 않은 과정이었지만 공저 팀의 존재는 격려 그 자체였다. 새로운 도전으로 성장하고 있는 나를 계속해서 응원하려 한다. 드디어 끝!

- 이한나

누구에게는 평범한 일상이 나에게는 특별함이 되어 이야기보따리를 꺼내는 순간이 참 행복했다. 어린 시절로 돌아가 지금까지 인생을 찬찬히 다시 걸어 여행한 꿈 같은 시간이었다. 색색 다른 빛깔을 가진 우리는 주부라는 공통 이름으로 공감하며 소통하며 각자의 색으로 빛나고 있다. 이 책이 따뜻한 힐링 메신저가 되었으면 좋겠다.

- 이해진

힐링맘스가 쓴 '응답하라, 3040주부!'를 처음 마주했을 때 나도 모르게 가슴이 뛰었다. 나는 응답했고, 힐링맘스2가 되어 주부 작가님들과 글로 소통하며 내 인생의 소중한 한때를 보냈다. 티 안 나는 주부들의 일상은 아름답게 빛나고 있었으며 응원받아 마땅했다. 우리가 함께 나눈 이야기를 읽으며 공감 가득한 힐링의 시간을 누리면 좋겠다.

- 장유진

평범한 내 이야기가 과연 책이 될 수 있을까에 대한 고민으로 얼마나 서성거렸는지 모른다. 그런 내게 어느 날 공저 책 쓰기가 운명처럼 다가왔다. 살면서 나의 일생을 이렇게 진지하게 돌아본 적이 과연 있었던가? 때로는 울면서, 때로는 덤덤하게 나의 삶을 돌아보는 일, 그것만으로도 나에게는 충분한 힐링이 되었다. 주부의 일상은 절대로 사소하지 않으며 우리는 매일 아름다움을 창조하는 사람들이다. 이 책을 통해 수많은 엄마들이 함께 웃고, 자신만의 이야기를 떠올리게 만드는 하나의 점dot이 되었으면 한다.

- 전주연

일상을 돌아볼 기회가 된 시간이었습니다. 내 인생에서 없어서는 안 되었을 시간. 그 시간을 함께 지켜보고 곱씹어 보아준 우리 작가님들께 감사하다고 말씀드리고 싶습니다. 엄마의 일상 사이사이 글을 쓰며 오히려 엄마와 아내의 일에 무심해지기도 했습니다. 남편과 아이에게 많이 고맙고 사랑한다고, 그대들이 있어 내가 하루하루 잘 살아간다고 이야기해 주고 싶어요. 글을 쓰는 내내 생각하게 되었던 나의 가족, 그저 모두에게 감사합니다. **- 선이**

글을 쓰는 동안 얼마나 많은 사랑을 받았나 생각하는 하루하루였습니다. 부모님의 사랑으로 지금의 제가 있다는 걸 다시 한번 느끼는 기간이었습니다. 몸만 자라는 것이 아닌 마음도 자라서 진짜 어른으로 성장할 수 있게 항상 도와주는 사랑하는 두 딸 도경이 예린이에게 감사의 마음을 전합니다. 실수도 많이 하지만 그럼에도 불구하고 옳은 선택을 하려고 노력하며 살아가는 나에게도 박수를 보냅니다. **- 서현자**

지금 이 글을 보는 바로 당신, 당신들 덕에 여기까지 왔습니다. 이리저리 달려가 여기 좀 보라고 할 때마다 응원과 지지를 보내며 웃어 주는 나의 사람들! 항상 고마워요. 꽃들이 만발하고 햇살이 예쁘던 오월에 이루미 작가님을 만나 제 안에 있던 글이 피어났어요. 다듬어지지 않은 글을 애정 어린 눈으로 봐주신 이윤정 작가님 덕에 책을 쓰는 용기와 써야만 하는 이유가 가슴에 든든히 자리 잡았어요. 각자의 자리에서 애쓰고 사는 사랑스러운 아홉 분의 작가님들과 함께여서 행복했어요. 마지막으로 무럭무럭 자라나는 나의 예쁜 세포 승호와 예진, 다른 시간을 살았던 우리가 같은 시간에 머문 지 어느덧 15년이 되어가는 남편과 아름다운 세상을 선물해 주신 부모님께 제 사랑을 보냅니다. **- 엄채영**

나에 대한 글을 쓰게 될 거라는 생각을 감히 해 본 적이 없었습니다. 글을 쓰며 마음으로 보는 세상은 이전과는 완전히 다른 것이었습니다. 이토록 소중한 경험을 할 수 있도록 이끌어주신 이루미, 이윤정 두 분 작가님께 깊은 감사를 전합니다. 더불어 귀중한 과정을 함께 한 아홉 작가님들, 서로가 보내는 응원에 쓰는 동안 참 행복했습니다. 언제나 애정으로 든든한 버팀목이 되어주시는 부모님, 아내의 잡다한 관심사를 온전히 인정해 주는 남편, 그리고 존재만으로도 삶의 활력이 되어주는 민준, 지안에게 사랑한다고 전하고 싶습니다. **- 오연지**

응답하라, 3040! 주부 출간 기념회 때 "저도 책 내고 싶어요."라고 했던 말을 기억하고 있다 손 내밀어 주신 이루미 작가님, 따뜻하고 친절하게 글쓰기를 코칭해 주시고 사진 찍는 즐거움을 알게 해주신 이윤정 작가님, 힐링맘스를 처음 만나게 해주신 이진숙 작가님 감사합니다. 제 글을 읽고 진심 어린 조언을 아끼지 않았던 래연 언니께도 감사를 전합니다. 마음으로 통하고 글로써 통했던 아홉 분의 공저 팀 작가님들! 함께여서 든든했고 행복했습니다. 칭찬과 격려를 아끼지 않았던 사랑하는 남편과 엄마의 글쓰기를 응원해 준 사랑스러운 두 아들 수민이와 정민이, 든든한 버팀목이 되어주시는 부모님께 사랑하고 감사하다는 말 전하고 싶습니다. **- 윤미**

막연한 것을 세상에 꺼낼 수 있도록 도와준 이루미 작가님, 이윤정 작가님과 긴 호흡으로 함께 글을 써온 9명의 귀여운 주부 작가님들 감사합니다. 무엇이든 해 보라고 지지해주는 신랑 이동석 님과 엄마가 되게 해 준 멋진 준우, 귀염둥이 지우 사랑합니다. 항상 옆에 있어 준 나의 엄마 김순례 님과 항상 지켜봐 주시는 아버님 이규환 님, 어머님 심기섭 님 고맙습니다. 그렇게 존재해 주셔서 모든 것이, 모든 분이 감사합니다. **- 이은비**

집에만 있던 나를 책을 통해 새로운 세상과 만나게 해 준 북덕방 언니들, 실제로는 빠르게 지나갔지만, 체감상 매우 긴 여정을 포기하지 않도록 함께해 준 공저 팀, 이루미 작가님, 이윤정 작가님, 아낌없는 응원을 보내 준 두댁이, 안다, 민지쌤, 많이 부족했던 글을 꼼꼼하게 읽어줬던 혜리와 경미, 그 외에도 글 쓰는 데 많은 영감과 조언을 보내 주신 분들께 감사합니다. 마지막으로 사회인이 되어 살게 된 작년 한 해 동안 많이 소홀해졌던 같이 사는 남자와 사랑스런 예나, 서온이에게 미안하고 고맙고 많이 사랑한다고 전하고 싶습니다. - **이한나**

"힐링해진님 글 써 봐요." 하고 도전하게 해 주신 이루미 작가님, 준비되지 않았지만 시작하게 해 주신 이윤정 작가님, 함께라 가능했던 9분 작가님들 덕분에 시작할 수 있었습니다. 항상 묵묵히 옆에 있어 주시는 부모님 외 가족들 저의 든든한 버팀목입니다. 아낌없이 잘한다, 멋지다고 응원해 준 친구 수연, 박 언니, 매일 아침을 함께 여는 모닝 운동 친구들 외 소중한 이웃들, 리더님들 감사합니다. 책이 세상에 나오는지 모르고 있지만, 항상 기다려준 남편, 준우, 준희 미안하고 고맙고, 사랑합니다. - **이해진**

나 자신뿐만 아니라 이웃을 사랑할 수 있는 따뜻한 마음을 물려주신 부모님, 존경하고 사랑합니다. 내 꿈을 알아봐 주고 글쓰기를 시작하기 전부터 "장 작가"라고 불러주며 용기 낼 수 있도록 마음 다해 응원해 준 남편. 엄마가 글 쓸 수 있도록 배려하며, 늘 노트북과 물을 챙겨주고 어깨를 주물러 주던 사랑하는 우리 삼 남매 주원, 소원, 하원. 가족이 있었기에 힘을 내어 글을 쓸 수 있었습니다. 아름다운 우리 가족 감사하고 사랑합니다. 기도로 응원해 주신 모든 분들께도 감사를 전합니다. - **장유진**

우선 제 책이 세상에 나왔으면 좋겠다는 꿈을 실현할 수 있게 해 준 이루미 작가님에게 감사의 인사를 전합니다. 잘 쓰고 있다고 격려해 주고 냉철한 시각으로 글쓰기를 코칭 해 준 이윤정 작가님 감사합니다. 저 포함 열 분의 공저 팀, 우리가 정말 해냈네요! 그대들 덕분입니다. 많이 칭찬하고 감사합니다. 가족들은 책 쓰는 과정에 대해 전혀 몰랐지만, 매일 존재 그 자체만으로 힘이 되어주고 영감을 주었습니다. 양가 부모님과 형제들, 그리고 상화 오빠(남편), 지우, 지빈, 우리 가족 사랑하고 감사합니다. 마지막으로 서투르지만 진솔한 제 글을 기다려주고 응원해 준 모든 분들 감사합니다.

- 전주연